Doce razones

Doce razones

Primera edición: diciembre 2022.

© del texto: Miriam Adanero Escobar

Título original: Doce razones.

Portada: Myra Reda

Imágenes de portada: imágenes de Pixabay

Revisión y Corrección: dache correcciones

Maquetación: Myra Reda

Todos los derechos reservados. Ninguna parte de esta obra puede ser reproducida ni transmitida, mediante ningún sistema o método, electrónico o mecánico (incluyendo el fotocopiado, la grabación o cualquier sistema de recuperación y almacenamiento de información), sin consentimiento por escrito de los propietarios de los derechos. La infracción de los derechos mencionados puede ser constitutiva de delito contra la propiedad intelectual (Art. 270 y ss. del Código Penal)

Cualquier forma de reproducción, distribución, comunicación pública o transformación de esta obra solo puede ser realizada con la autorización de sus titulares, salvo excepción prevista por la ley. Diríjase a CEDRO (Centro Español de Derechos Reprográficos, www.cedro.org) si necesita fotocopiar o digitalizar parte de esta obra.

Cualquier coincidencia o parecido con situaciones reales o personajes es pura casualidad.

Biografía de la autora.

Myra Reda es el seudónimo con el que escribe Miriam.

Nacida en mayo de 1986 es esposa y madre de tres niñas.

Ella es una mujer risueña y humilde la cual disfruta con las cosas pequeñas de la vida. Su objetivo es hacer disfrutar a la gente con sus historias. Del mismo modo que disfruta ella escribiéndolas en sus libros.

En la actualidad cuenta con varios libros publicados en Amazon.

Doce razones

Sinopsis.

Cecilia tenía una vida cómoda y comedida hasta que la venda que cubría sus ojos se esfumó. La realidad la golpeo con fuerza, tanto que se vio envuelta en un torbellino de dudas y dolor. Gracias a la amistad incondicional con la que contaba, consiguió no hundirse en un pozo.

Haciendo acopio de un valor que no creía tener, se lanzó directa a cumplir sus anhelos, sus sueños, esos que durante años aplazó por agradar a otras personas.

Acompaña a Cecilia y sus fieles amigas en el inicio de esta aventura, dando un giro radical a su vida.

¿Conseguirá Cecilia reencontrarse en esta nueva etapa?

Diversión, risas, locuras, pasión y algo de amor serán los ingredientes perfectos para esta historia que atrapará.

.

Doce razones

Agradecimientos

Quién me conoce, sabe que esto es lo último que hago. De hecho, lo hago en los últimos días antes de la publicación. Por los sentimientos que me embriagan. Soy una sentimental que vamos a hacer, jeje.

Vamos allá. Primero te quiero dar las gracias a ti, por dar una oportunidad a mi sexto libro. Doce razones, es una historia diferente a las anteriores, puesto que en ella pretendo que te lo pases bien. Prometo que no derramaréis lágrimas y si lo hacéis es producto de la risa que os provocará.

También tengo que darle las gracias a mi familia por la comprensión y el apoyo que me brindan con cada libro. A mi niña bonita, que me demuestra cada día que todo esfuerzo tiene su recompensa, aunque a veces tarde en llegar.

A mis lectoras 0, por leerme y darme sus opiniones, por sus consejos, por apoyar mis disparatadas ideas… Espero que me perdonéis por dejaros impacientes y anhelantes, pero a veces el destino es caprichoso y te cambia todo.

A Chelo, mi pepito grillo o la voz de mi conciencia. Según como quieras decirlo. Ja, ja. Entraste en mi vida y desde entonces de una forma directa o indirecta me has ayudado. Con tu apoyo siempre me ánimas a sacar lo mejor de mí, incluso cuando yo misma no lo veo claro… Para mí, eres un punto de apoyo muy importante. ¡Gracias! Y aunque lamento mucho que vivas tan lejos, estoy muy feliz de que estés en mi vida.

A mi promotora Esther, que la vuelvo loca cada cierto tiempo, pero que aun así, me ayuda mucho. ¡Gracias! La

Doce razones

familia que has creado es maravillosa y me alegro de pertenecer a ella.

En esta ocasión quiero nombrar a cinco personas que siempre se acuerdan de mí y que me siguen apoyando desde el inicio. Ellas son Elena, Vanesa, Isabel, desde España y del otro lado del charco, Gloria y Alicia. ¡Sois unas mujeres maravillosas!, vosotras fuisteis las primeras en creer en mí, en apoyarme y todavía lo hacéis. Os lo agradezco en lo más profundo de mi corazón.

A Naiara, por estar siempre dispuesta a darme tu opinión y a leer mis historias. Eres una mujer maravillosa que espero tener el gusto de conocer en persona en un futuro cercano. Ja, ja. Me alegro mucho de que te apuntaras a aquel libro viajero y por supuesto, por darme tu opinión sobre mi primer tesoro. Llevas acompañándome desde aquel día en mi camino y estoy muy feliz. De corazón sé que es mutuo.

Por supuesto a todas las iniciativas y bookstagramer que me dan apoyo. Aquí nombro algunas de ellas, aunque por supuesto no lo son todas.

@promocionesesther. Por la familia que ha creado y que además soy parte.
@shellykegar
@bellsdavis
@mari.csang
@nladevoralibros

Y mucha gente más… Espero que no os enfadéis, por ellos os pido que os deis por nombrados.

Con cariño, Myra.

Doce razones

Capítulo 1

El inicio de todo.

Con quince años conocí a Mateo y en cuestión de días me enamoré de él. Perdí la virginidad con él cuando tenía diecisiete. Con diecinueve comencé a salir con él y con veinticuatro me casé con él, después de más de cuatro años, de ahora sí, ahora no, por parte de ambos.

El lujo y la exhibición siempre estuvo presente en mi casa, por eso me adapté con facilidad en la familia de Mateo. Pensar que había apartado mis sueños, mis ambiciones por el bienestar de mi linaje era algo que estaba dispuesta a hacerlo.

El día de mi boda todo salió como yo lo había planeado, y durante cinco años, mi vida fue de color de rosa. Pero claro, lo que nunca me podía imaginar es que de esa forma se fuera a caer mi castillo, el cual, no estaba ni mucho menos asentado, sino que flotaba entre las mentiras, ignorancia y por supuesto la hipocresía.

Oír que tus progenitores te han mentido durante años es horrible. Darte cuenta de que la familia de tu marido nunca te ha querido es una mierda. Pero lo que de verdad me dejó tan tocada fue enterarme de que mi esposo me ha estado engañando con su ayudante, todo ello el día de nuestro aniversario.

Eso fue lo que me pasó a mí y os aseguro de que casi me convertí en una Mata-Hari si no fuera por mis dos mejores amigas. Claudia y Clara, las cuales me sujetaban con fuerza al darse cuenta de lo que sucedía en el interior de mi habitación.

Doce razones

Mi marido se encontraba en la cama follándose a su ayudante. Tu tía, la del pueblo, esa era su asistente. En ese momento en mi cabeza hizo clic. Ahora todo cobraba sentido.

Las veces que llegaba a casa y ella estaba riéndose, mientras se tomaba un refresco con mi marido. Las miradas en las fiestas que ambos se prodigaban. Las desapariciones de los dos. Los viajes de trabajo, los cuales no podía llevarme porque iba a estar de reunión en reunión, pero que al final pasaba más tiempo en la playa por cambios de última hora…

Todo cobraba sentido.

La rabia fluía por mi torrente sanguíneo, pidiendo venganza. Sin embargo, en ese momento respiré y conseguí calmarme lo suficiente para decir alto y claro.

—Si no deseas un escándalo, quiero el divorcio, lo que vale la mitad de la empresa y por supuesto una gran, pero qué gran indemnización por el daño que me has causado.

Todo eso con una voz fría y mi expresión de indiferencia.

Mateo me miró como si me hubiera vuelto loca, pero yo ya no lo veía, pues me había dado la vuelta y estaba entrando en el vestidor. Una maleta de grandes dimensiones llené de jeans, camisetas, jerséis, vestidos, ropa interior y más cosas, fue lo que me dio tiempo antes de que apareciera él, que ya consideraba mi exmarido.

—Cecilia, vamos a hablar. Sabes que eso no te lo puedo dar.

Le miré con una sonrisa sarcástica antes de soltar la bomba.

—Sé que te casaste conmigo porque viste que era el gran partido para lanzar la empresa. También he descubierto, que mis padres y los tuyos, contigo a la cabeza, me habéis estado mintiendo todo este tiempo. Nunca más voy a pensar en otra persona que no sea yo. Que sea rubia, no os da derecho a tomarme por una gilipollas sin cerebro.

Mateo me miró sin creérselo, pues yo nunca había osado hablarle así. Mientras estaba reseteando su cerebro, cogí una maleta pequeña, para meter unos cuantos zapatos y zapatillas.

Cerré ambas maletas y me dirigí hacia la salida, no obstante, Mateo sentía como había dañado su ego, al ser más lista que él.

—Negociemos.

—Ya te he mencionado lo que quiero, no hay nada más que hablar, o me das el divorcio junto con todo el dinero que te he dicho, o me voy a pasear por todos los programas de cotilleo contando todo lo que se me ocurra. Por supuesto, lo primero que diré es que mi marido se encontraba follando a su ayudante, en nuestra cama, el día de nuestro aniversario, mientras que yo permanecía en el hospital, asegurándome que el seguro de mi abuela se hace cargo de todo.

Mateo me miró con los ojos abiertos cuando comprendió que la persona que más quería en el planeta se había marchado y ahora me hallaba sola.

Pasé al baño donde introduje los pocos productos que utilizaba al día. Una vez todo estaba listo, me dirigí hacia las escaleras y me dispuse a salir de aquella casa, la cual había sido mi hogar durante cinco años.

De la zorra no había ni rastro y me imaginé que mis hermanas estaban detrás de su desaparición.

Doce razones

Ellas me esperaban en la acera con el maletero abierto. Una vez las maletas estaban adentro, me monté en el asiento trasero y me acurruqué como si fuera una niña chica.

Mi móvil sonaba en alguna parte, pero la verdad es que no me interesaba saber quien mierdas me estaba llamando a la una de la madrugada, un miércoles. Mi abuela, la mujer que me había criado desde que era una niña pequeña, se acababa de morir, fruto de un cáncer y por primera vez en mucho tiempo me encontraba perdida. Como si mi brújula se hubiera vuelto loca y no pudiera marcarme el rumbo a seguir.

La cabeza me iba a mil por hora, por más que quería serenarme y pensar con objetividad no podía. Clara comenzó a hablar cuando ya no pudo aguantarse más.

—Cecilia, deja de lamentarte. Ahora es tu momento. Es el tiempo de que hagas lo que tantas veces te has negado.

—Clara, ahora mismo me encuentro perdida.

—Eso lo dices ahora, porque te has quitado la venda que te habían puesto. Pero estoy segura de que en cuanto pasen unos días verás todo con otra perspectiva.

—Si tú lo dices…

—Mira, por lo pronto te vas a venir a mi casa —sentenció Claudia imponiéndose.

El viaje no fue muy largo, puesto que el chalet de mi hermana se encontraba en una urbanización próxima a donde vivía hasta hace unos minutos.

Al llegar mis amigas me ayudaron a coger mis pertenecías y accedimos en su casa. Al entrar me dio la bienvenida Romeo, el gato de Claudia que adoptó hace unos meses en una protectora.

Doce razones

De color gris y ojos amarillos, era la cosa más bonita del mundo. Aunque no quitaba que tuviera su genio, pues a Mateo no podía ni verlo. Ahora entiendo el por qué.

Con Romeo pisándonos los talones nos dirigimos a la habitación de invitados, la cual, nada tenía que envidiar a la de Claudia.

Al entrar mi móvil volvió a sonar y decidí que era hora de mandar a la mierda a quien me llamaba. Me sorprendí al ver que se trataba de mi padre.

—Hasta que por fin contestas, Cecilia. ¿Dónde narices te has ido? Dímelo que ahora mismo voy.

—¿Para qué? Para seguir mintiéndome en la cara.

—No seas maleducada, todo lo hicimos por tu bien.

—¿Y que mi marido haya estado engañándome con esa pelandrusca, también es por mi bien? No me hagas reír, por favor.

—Mateo la ha jodido, eso es verdad. Si de verdad quieres el divorcio, no te preocupes que yo lo arreglo.

—No necesito nada de vosotros, yo misma voy a solucionar mis problemas. A partir de ahora no quiero saber nada de vosotros.

—Cecilia, creo que el día de hoy ha sido demasiado para ti. Voy a dejar que te relajes y que pienses bien todo. Estoy seguro de que recapacitaras y volverás a casa.

—Adiós, padre —colgué la llamada teniendo en claro de que a partir de ahora sería yo la que decidiría en mi vida. No le iba a dar a nadie ningún poder sobre mi persona.

Doce razones

Antes de acostarme cogí una libreta que llevaba en el bolso y un bolígrafo.

Escribí arriba de todo doce razones

¿Pero doce razones para qué?

Simplemente serían doce razones para vivir, para disfrutar, para encontrarme a mí misma de nuevo, pero sobre todo serían las doce cosas que he relegado en mi lista de prioridades.

Claudia y Clara entraron en la habitación cuando me encontraba escribiendo la numero once y al poner la numero doce me miraron con ojos de sorpresa. No por lo que puse, sino por ponerlo en esa posición.

—Hermana, ¿por qué la última? —me interrogó Claudia.

—Porque antes de ser madre, quiero vivir, quiero disfrutar, pero sobre todo quiero hacer lo que tantas veces me han negado o cuestionado —sentencié sonriendo y ellas hicieron lo mismo.

Después de eso, me tomé una tila que me ayudaría un poco más a conciliar el sueño por unas horas.

Capítulo 2
Noticias inesperadas.

En el tanatorio y en el entierro me mantengo impasible, no obstante, es muy complicado para mí. El día de la lectura del testamento acudo sola al despacho del notario. Menos mal, que el abogado tuvo la decencia de informarme la hora y fecha de la lectura del testamento, pues mis padres al comprobar que no regresaba a su casa, bajo su redil, me ignoraron sin remordimientos, o por lo menos no fueron visibles para mí.

En el despacho la cara de mis padres es de completa tranquilidad, mientras que la de mis tíos es de tristeza. Todo el mundo pensaba que se iba a repartir de una forma equitativa, y nada más lejos de la realidad.

¡Qué sabía era mi abuela!, que en su testamento dejó estipulado que mis padres ya habían recibido en vida lo que les correspondía y que en esa lectura sobraban.

El abogado de la familia se queda perplejo ante lo que dice el notario. Por supuesto, abandonaron la sala, pero el problema se forma cuando mi padre me pide que yo también salga. El notario con rapidez sé levanta y me indica que me mantenga sentada, pues yo si debo permanecer en la lectura.

La cara de mi progenitor es de total desconcierto y después se enfada al saber el significado de aquellas palabras.

Una vez nos encontramos en la sala los que tenemos que estar, el notario nos entrega un sobre a cada uno de los herederos. Escrito del puño y letra de mi abuela, me pide que mantenga los ojos abiertos, que los lobos se han camuflado muy bien. No tardo mucho en darme cuenta de que ella lo dice por mis padres y Mateo.

Mi abuela era la persona más maravillosa que había tenido el gusto de conocer y ahora que ya no estaba me dio pena, pues ya nunca más le podría pedir consejo.

Poco después el notario nos informa de cómo ha quedado fraccionada la herencia. El negocio familiar sería para mis tíos y primos, dividido a partes iguales. La empresa había sido tasada hace poco en varios millones y la mitad de ellos es lo que recibiría yo. Todo el mundo estuvo conforme y procedimos a firmar los papeles que nos entregaban.

Mi abuela en su carta me recalcó que es el momento de volar libre y ser yo misma. Algo que sin duda no he hecho en mucho tiempo.

Aquella noche, después de bebernos dos botellas de vino, mis hermanas y yo les dije la decisión que había tomado.

—Chicas, hoy con la cabeza más despejada y tras darme cuenta de que mis padres son unos aprovechados de primera, he decidido que me voy a ir de aquí.

—Pero... —comienza a decir Clara, pero Claudia la interrumpe diciendo—, ¿dónde te quieres ir?

Clara mira a Claudia como si no la conociera y entonces le suelta muy resuelta.

—Te pasas el mayor tiempo de viaje, a ti te da igual vivir aquí, que en otro lugar siempre que esté comunicado y no el quinto pino. ¿Por qué no nos vamos a ir con ella?

Yo por mi parte me quedo callada, pues esto no lo había pensado, al tiempo que Clara piensa las palabras de Claudia.

—Tienes razón, además siempre hemos estado unidas.

Doce razones

Sonrío porque en ese momento sé que sola no iba a estar.

—Entonces rubia... ¿A dónde nos mudamos? —cuestiona Claudia y Clara me mira intrigada.

—A Málaga.

Las dos se ponen a dar saltitos de alegría, puesto que, cuando fuimos para celebrar mi despedida de soltera, en medio de una borrachera, propusimos desaparecer del mapa y quedarnos en aquella ciudad que nos tiene enamoradas a todas.

Es evidente que no lo hicimos, y ahora nos encontramos brindando por el que será nuestro próximo domicilio.

A la mañana siguiente, después de tomarme un ibuprofeno con el café, marco el número del despacho que quiero que me represente en el divorcio. Se trata de una abogada que ya conozco, pero no por este tema.

—Buenos días, mi nombre es Cecilia Rodríguez. Quiero pedir cita con la abogada Ana María de los Caminos.

—Buenos días, señora Rodríguez, Espere un momento que consulto la agenda. —Se hace un silencio que dura menos de un minuto —. Señora Rodríguez, la abogada la puede recibir hoy a las cuatro de la tarde.

—Perfecto, muchas gracias. Ahí estaré.

Cuelgo la llamada y poco después decido ir a llevarle flores a mi abuela. Han pasado dos días desde el entierro de mi abuela y tengo la necesidad de ir al cementerio, para contarle las cosas que voy a cambiar, porque estoy segura de que ella se alegrará desde donde esté.

Me dirijo hacia mi habitación cuando suena el timbre de casa. Frunzo el ceño, porque no espero a nadie y Claudia no me ha dicho que alguien fuera a venir. Me acerco con toda la cautela y miro por la mirilla encontrándome a mi todavía marido, mi padre y mi madre al otro lado.

Estos flipan si creen que les voy a abrir la puerta. Devuelvo mis pasos y en cuánto me encuentro en mi habitación marco a Claudia.

—Hola hermana. ¿Qué tal?

—Todo estaba bien hasta que mis padres y mi marido han llamado a la puerta de tu casa.

—¿Qué me dices? —exclama y noto como se mueve—. Ahora mismo voy. No sé cómo tienen la poca vergüenza de presentarse en mi casa.

Debo decir que Claudia y mis padres no se tragan en absoluto. De hecho, han intentado muchas veces que nuestra amistad se rompa, aunque nunca lo han conseguido, más bien todo lo contrario.

Claudia es una coaching que ayuda a nivel personal y a empresas que se lo piden. La verdad es que es una persona muy solicitada, por lo buena que es en su trabajo.

Decido irme a la ducha y prepararme porque sé que en el momento que venga Claudia ellos huirán como los cobardes que son. Agradezco a mi hermana tener la marca de los productos que utilizo. Al salir de la ducha con una toalla enrollada en mi cabeza y otra en mi cuerpo escucho unos chillidos en la calle.

Cierro la puerta de mi habitación con pestillo y la del baño también. No creo que se atrevan a entrar, pero toda precaución con ellos es buena. Un portazo unos dos minutos después hace que me ponga en alerta, sin embargo, en cuanto escucho a mi amiga al otro lado de la puerta corro a abrirla.

Doce razones

—Son odiosos, aún no entiendo como tú eres tan diferente.

—Yo tampoco lo sé.

—¡Y tu marido es un snob! —exclama asqueada—. ¡Qué gentuza, por favor!

—Pero dime, ¿qué te han dicho? —pregunto intrigada.

—Que no les ha quedado más remedio que venir a mi casa para hablar contigo. Porque claro, que no les cojas el teléfono no terminan de pillarlo.

—Ni cuando les he dicho que no quiero saber nada más de ellos.

—Pues eso. Madre mía... ¿Has pedido la cita con la abogada?

—Hoy a las cuatro.

—Perfecto, iré contigo porque tengo una cosa que hacer cerca, así no coges un taxi. ¿El coche para cuándo?

—Está en el número cuatro. Antes tengo que cumplir otras cosas... —Claudia lo entiende, porque asiente conforme.

Poco después salimos de casa dirección al cementerio. Yo voy a visitar a mis abuelos, mientras que Claudia visitará a sus padres, los cuales perdió hace cuatro años producto de un accidente automovilístico.

En cuanto llego, deposito las flores sobre la tumba, al tiempo que intento retener las lágrimas que pretenden salir de las cuencas de mis ojos. Puede parecer una locura, pero noto como si algo o alguien me reconfortara y me animara a hablar, algo que no tardo en hacer.

Diez minutos después noto como si me hubiera liberado de un peso y me siento mucho más ligera. Les prometo que antes de irme vendré a despedirme y abandono el lugar para dirigirme hacia el coche de Claudia.

El camino de vuelta es muy diferente, puesto que vamos las dos cantando una canción que nos gusta mucho, a pesar del tiempo que tiene, ya que hace bastante de que salió. Se trata de después de la tormenta siempre sale el sol, de Edurne. La canción habla de pensar en uno mismo, de disfrutar de la vida, habla de mirar al pasado para encontrar lo que te hace feliz. Claudia sonríe de una manera muy bonita, al ver como canto a todo pulmón y al mismo tiempo bailo, lo que me permite el cinturón y el asiento.

Antes de salir del cementerio hemos hablado de ir a comer al italiano que nos gusta mucho. Aparca el coche en un sitio próximo al restaurante y caminamos unos pocos metros. Una vez dentro nos acompañan a una mesa. Pedimos una botella de agua y nos entregan las cartas.

Claudia y yo decidimos que compartiremos los platos. Uno risotto de langostinos y setas, lasaña de carne y verduras, además de una ensalada. La comida la hacemos entre risas, puesto que Clara no puede hacer esto con tanta frecuencia. Ella es modelo y estas calorías no son aptas para ella de manera habitual.

—¿Sabes Cecilia?, creo que nos debemos una noche de desmelene, pero no aquí. Lo haremos en el que será nuestro nuevo domicilio, en Málaga.

—Por supuesto, Claudia. Esa noche será apoteósica.

Claudia me mira complacida por mi respuesta. Y terminamos de comer entre comentarios sobre nuestra nueva vida en la costa del sol. Salimos del restaurante y voy caminando al despacho de abogados. No es una casualidad que hayamos comido aquí, pues está muy cerca.

Doce razones

Llego a mi cita con diez minutos de antelación y tras dar mi nombre me piden que espere un momento. No pasa ni tres minutos cuando entro en el despacho de la abogada.

—Buenas tardes, señora Rodríguez. Tome asiento.

—Buenas tardes, abogada. Muchas gracias.

—Dígame en que puedo ayudarla.

—Quiero separarme de mi marido. Y confío en usted para que me dé lo que le he pedido.

—Comprendo, ¿tenían acuerdo matrimonial? ¿Estaban casados bajo separación de bienes?

—No.

—Entonces la ley establece de que la mujer, al divorciarse y viceversa, sea a partes iguales.

—Verá, yo le he pillado a mi marido engañándome en mi propia casa, en mi propia cama el día de nuestro aniversario. Le dejé muy claro lo que quería, por lo que está enterado de lo que requiero.

—Bien, dígame que es lo que usted requiere.

—Una indemnización por el daño causado y lo que cuesta la mitad de la empresa.

—¿Nada más?

—No.

—Ni una casa, un coche... —Niego con la cabeza y prosigue—. Bien, me pondré manos a la obra. Mis honorarios son un quince por ciento de lo que saquemos. Para ser tu representante tienes que firmarme estos documentos. ¿Querrás estar presente en las negociaciones?

Doce razones

—No, solo para la firma.

—Perfecto, como no hay hijos de por medio creo que será rápido.

—Espero que sea así.

Comienzo a rellenar los papeles que me entrega y en cuanto todo está, estampo mi firma.

—Una cosa más. Quiero decirle que es muy posible que ponga todos los impedimentos posibles para negarse.

—No es problema, estoy acostumbrada a hombres como su marido. Por cierto, me serviría de ayuda si me dijera si conoce a la mujer que acompañaba a su esposo en su cama.

—Por supuesto, se llama Alejandra y dice ser su ayudante.

—Perfecto —comenta apuntándolo en un cuaderno, donde ha tomado alguno de los datos que le he facilitado.

Salgo del despacho después de haberme despedido, con la seguridad de que se comerá a Mateo en cuanto intente alguna treta.

Una sonrisa de satisfacción se graba en mi cara, mientras camino hacia donde he quedado con mi hermana.

Doce razones

Capítulo 3

Un divorcio y una casa nueva.

Con todo en marcha, decido apuntarme a un curso corto de repostería. Tengo una carrera de marketing que pienso emplear para mi negocio. Mateo y las chicas siempre han alabado la buena mano que tengo con los postres. Por eso y por más cosas logró convencerme de que me quedara en casa mi aún todavía marido.

Los comentarios de la abogada son ciertos, puesto que ya falta poco para ser una mujer divorciada. La letrada me explica que mi exmarido ha tenido que hipotecarse para pagarme, pues no tiene liquidez.

Lo mejor de todo es que la ayudante, con la cual me ha estado engañando, ha comenzado a pasearse por los programas de televisión, explicando como se han enamorado el uno del otro. Los tertulianos le preguntan si ella ha sido la causa de nuestra separación, pero ella muy digna, siempre dice que mi matrimonio hace años que está roto.

«Hay que ver lo que da la imaginación de la gente», pienso en mi cabeza al verla dárselas de diva. Claudia se ríe porque explica que cualquiera que analice su comportamiento y entonación se da cuenta de que miente como una bellaca.

El día que mi abogada me notifica que soy de nuevo una mujer soltera, lloro de la emoción por volver a recuperar mi libertad. Pese a que Mateo no se ha rendido y ha seguido al acecho, al final tuvo que admitir que el tiro le había salido muy mal y más después de que la amante se dedicara a ir por todos los canales de televisión diciendo todas aquellas palabras.

Doce razones

Con los millones en mi cuenta, le pago a la abogada por sus honorarios en el mismo momento. Agradezco a la abogada por su ayuda y me dice en confidencia, que es un perro ladrador, pero poco mordedor.

—En mi vida me he cruzado con muchos hombres, algunos no tienen escrúpulos, otros son unos chulos que se acojonan en seguida, como es tu marido, y otros que le das el papel y con solo mi cara ya firman para no volver a verme.

—Vaya...

—Yo me alegro de que todo haya concluido bien y hayas recuperado tu libertad, porque querida déjame decirte que aún no sé cómo no te has dado cuenta antes...

—Porque estaba muy ciega, pero ya no más.

—Celebro que sea así. Ha sido un placer conocerte.

—Lo mismo digo.

Salgo del despacho y busco un taxi, no tardo mucho en encontrarlo y tras darle la dirección de Claudia se pone en movimiento. Al llegar a la casa de mi amiga, la encuentro en muy buena compañía.

—Hola Miguel, qué gusto verte —saludo contenta.

—Pero si es la rubia que acaba de volver al ruedo —manifiesta acercándose a mí.

—Pues sí, y pienso disfrutar todo el tiempo que pueda —declaro convencida y mi amiga me mira orgullosa.

—Así se habla, ya sabes que, si quieres un buen rato, solo hace falta que me lo digas, donde entran dos, entran tres... —exclama y termino por reírme, por qué eso nunca ocurrirá y eso él lo sabe.

Doce razones

—Menos lobos caperucita, creo que tres serían multitud... —comento, mientras me retiro.

Miguel se da cuenta de mi movimiento y se aleja, pues sabe lo que eso significa. Él y Claudia son unos amigos que se satisfacen mutuamente. Me temo que ahora él, deberá buscar a otra persona, pues dudo que vaya a ir hasta donde nos vamos a mudar.

—Miguel y yo nos estábamos despidiendo, ya le he dicho que nos mudamos y que tendrá que buscar a otra que se la rasque.

—No creo que le cueste mucho encontrar otra para ese fin.

—No es tan fácil como parece. Hay muchas que dicen que sí, pero a los seis meses esperan el anillo en el dedo o las llaves de mi casa.

—Ya, está muy de moda esa forma... —respondo pensando en la amante de mi exmarido.

Se despiden con un morreo digno de película y menos mal que es la despedida, porque otro diría que van de cabeza a satisfacerse. Me marcho a mi habitación cuando me doy cuenta de que sobro, no obstante, no tardo mucho en estar acompañada.

—Bueno... ¿Cuándo nos vamos a buscar nuestros nuevos hogares?

—Pues si quieres mañana o pasado. ¿Quieres ir en coche o en avión?

—¿Cuántos kilómetros son?

—Unos quinientos... quizá un poco más.

—Sabes por donde vamos a buscar.

Doce razones

—Tengo varias zonas seleccionadas. También podemos hacer otra cosa. Hay una agencia que tiene varios chalets y demás. Puedo llamar, decir lo que queremos y sobre todo que esté en la misma zona.

—Me parece bien, así hacemos el viaje solo para ver las que nos interesa. Clara vuelve en una semana y ha pedido que ya tengamos la casa, para que al llegar organice la mudanza.

—Sí, por lo visto, en este viaje no tiene muchos días, le han salido varios reportajes y todos juntos.

—Sí. Entonces hacemos eso. Llamamos ahora y que nos digan.

—Perfecto. Te espero en el salón.

Asiento y acto seguido me desnudo. Cuando ingreso en el baño con la ropa interior puesta, me miro en el espejo.

La verdad es que mi cuerpo está muy bien, ¡joder!, vamos que estoy buena. Muchos hombres siempre me han contemplado por la calle y más de uno cuando me he arreglado se le ha formado una erección. No entiendo por qué me engañó o tal vez fue que nunca me quiso.

Físicamente, tengo unos buenos pechos, los cuales, durante mi adolescencia, fueron de las primeras cosas que crecieron. Bajo la mirada y la sitúo en mi vientre, el cual, está firme, continúo bajando y miro mis piernas, pues la verdad es que son más largas de la media, puesto que mido 1,80 cm.

Salgo al salón con un pantalón corto y una camiseta de tirantes. Un moño informal en mi cabeza y mi portátil bajo el brazo. Me siento como un indio en el sofá y en ese momento entra Claudia con una bandeja. En ella lleva refrescos y un cuenco con frutos secos de los que tanto nos gustan. No

Doce razones

tardamos mucho en estar llamando a la inmobiliaria para decir lo que queremos y el presupuesto que tenemos.

En la conversación nos informa la comercial que tiene dos chalets en la urbanización el candado, la cual, no está en Málaga capital, pero si próxima. Nos comenta que tiene dos de similares condiciones en cuanto al tamaño, distribución y precio.

Quedamos con ella en que al día siguiente iríamos a verlo e hicimos hincapié de que si nos gustaba queríamos dejar todo arreglado en ese momento.

—No hay ningún problema, tendremos todo preparado para que no tengan que volver, solo para vivir en su casa.

—Perfecto, se lo agradezco mucho. Hasta mañana, Arancha.

Nos despedimos de la comercial y acto seguido nos abrazamos Claudia y yo. Unos minutos más tarde nos envía las fotos de los chalets que hemos hablado con ella y la verdad es que están muy bien.

No es de obra nueva y se ve con claridad que necesita alguna reforma que sin duda haremos. Pero nada que no se pueda arreglar con un poco de tiempo y paciencia. Llamamos a Clara y le informamos de las noticias, pero nos salta el buzón.

Claudia y yo nos ponemos en marcha para dejar todo arreglado para irnos al día siguiente temprano. Yo pese a no disponer de coche, tengo carnet de conducir y aquí me hallo negociando con mi hermana, para que hagamos el viaje entre las dos.

A las siete y media de la mañana iniciamos nuestro camino. Claudia activa el USB en el que tiene todo tipo de música. Los primeros doscientos kilómetros los hace ella. En la primera pausa intercambiamos posiciones. Faltan apenas cien kilómetros para llegar, pero nuestras vejigas no aguantan más.

Paramos en una gasolinera, para no desviarnos mucho. Repostamos para utilizar el baño. ¡Somos así! Claudia entra al baño, al tiempo que yo me dirijo a la caja. Además de la gasolina, compro un paquete de chicles de fresa y una bolsa de patatas.

Un hombre se sitúa detrás de mí y cuando termino de pagar, choco con su pecho duro. No tarda mucho en entrar su fragancia por mis fosas nasales y casi al mismo tiempo se disculpa.

Su voz es aterciopelada y cuando alzo la mirada quedo prendada por su rostro, el cual, dudo que pueda olvidarlo con facilidad. El encuentro ha durado unos segundos, sin embargo, me ha dejado trastornada.

«Cecilia, no quieres nada de los hombres», me repito un par de veces de camino al baño. No obstante, tengo que rectificar porque no es del todo cierto.

«No quieres nada amoroso de los hombres, solo que te den un buen orgasmo», asiento en mi cabeza conforme.

En cuanto hago pis, salgo de la gasolinera y me dirijo al servidor donde está aún Claudia. Sin embargo, al lado se encuentra un coche que hace que preste atención. Se trata del hombre que he chocado en el interior. Su pose es despreocupada y por supuesto también está llenando el depósito.

Pese a que no lo miro, noto su mirada en mi puesta. Claudia me sonríe traviesa y sé que ha visto lo que ha ocurrido en el interior. Y ni corta ni perezosa se acerca a él para preguntarle.

—Hola... perdona que te moleste. Pero se nota que eres de aquí y verás queríamos preguntarte si conoces de algún sitio para salir a bailar.

—Pues la verdad es que conozco unos cuántos —responde mirándome de reojo—. Si queréis os doy mi teléfono y os acompaño.

—Me parece genial, ¿a qué sí, Cecilia?

—Sí, muchas gracias —comento acercándome a él con una sonrisa.

—Mucho gusto, Cecilia. Mi nombre es Luis.

Claudia se aproxima a mí y me da mi móvil. Luis me dice su número y en cuanto lo guardo le doy un toque para que haga lo mismo con el mío.

Los depósitos hace tiempo que están llenos, pero como no hay gente esperando no nos hemos dado cuenta. El flirteo entre los dos es palpable, no obstante, se queda ahí. Al menos de momento.

Salimos de la gasolinera poco después y Claudia conduce mientras yo pongo de nuevo el GPS para llegar a la inmobiliaria.

—Has triunfado, rubia.

—Gracias a ti —puntualizo y ella mueve la mano como si no fuera importante.

No hablamos nada más, pues ahora tenemos que concentrarnos en la casa. Después ya nos ocuparemos en quitarme las telarañas que según Claudia tengo abajo...

Doce razones

Las visitas a las propiedades son muy buenas y a última hora de la tarde estamos en la oficina firmando los papeles. Por nuestra parte venimos bien preparadas con los talonarios.

Arancha, que es como se llama la chica, está que no sale de su asombro. En cada casa nos ha hecho un descuento, pues la comisión de las dos la tiene asegurada. Al ser viernes quedamos con ella el lunes para la firma de las escrituras en el notario.

Esa palabra me hace recordar lo sucedido semanas atrás, durante la lectura del testamento de mi abuela. Mi tristeza es palpable para Claudia, no así para la chica.

Nos alojamos en un hotel del centro y le pido a Claudia que esa noche no salgamos. Mi estado de ánimo no es óptimo y prefiero dejarlo para el día siguiente. Asiente con la cabeza satisfecha con mi explicación.

Capítulo 4

Dos mudanzas que organizar.

Decir que todo está saliendo a pedir de boca es quedarme corta. Para mí que desde el cielo mi abuela se encuentra haciendo de las suyas, porque de parecerse, se parece. Claudia y yo tenemos reservado el hotel hasta el martes. La primera noche, decidimos cenar en un restaurante cercano, una fritura de pescado y nos recogimos pronto cada una a las habitaciones.

Con los dientes lavados y un camisón de color azul celeste me tumbo en la cama y enciendo la televisión. Una vibración en mi móvil hace que lo mire por unos segundos, no obstante, lo dejo sin mirar.

Al cabo de unos segundos, otra vibración me hace mirarlo, se trata de un mensaje de Luis.

—Hola, rubia. ¿Quieres conocer un local que está muy bien? Te puedo recoger en tu hotel si lo deseas.

«Este no sabe lo que deseo en este momento», pienso antes de informarle en cuál nos hospedamos.

Me estoy desnudando, al tiempo que marcó a Claudia.

—Cámbiate, nos vienen a buscar —pido nada más responde.

—Y qué crees que he estado haciendo. Ya sabía yo, que el tío bueno no te iba a dejar descansar.

—Vale, vale. Venga que en diez minutos tenemos que estar preparadas.

—A mí me sobran ocho —responde antes de colgarme.

Doce razones

Unos minutos después unos golpes en la puerta me sorprenden. Me dirijo hacia la puerta con el vestido a medio poner, creyendo que se trata de Claudia, sin embargo, me equivoco.

Luis se encuentra al otro lado de la puerta. Los dos nos quedamos mirándonos y al mismo tiempo intento subir la cremallera sin éxito. Decido pedirle que me la suba al tiempo que me doy la vuelta.

—¿Sabes, Cecilia? —pregunta acariciando mi piel al tiempo que sube la cremallera—. Es curioso que suba este cierre, cuando lo que deseo es arrancar todas las prendas de tu cuerpo.

—No puedo decir que lo lamento, pero siempre lo puedes hacer más tarde.

—Esperaré con paciencia ese momento —comenta con voz ronca al tiempo que se retira.

Me aparto con cuidado y me dirijo hacia donde se encuentran los zapatos. En ese momento Claudia hace su entrada triunfal y nos marchamos con ganas de pasarlo de muerte.

Luis al salir del hotel nos guía hacia un coche, un chico de nuestra edad se encuentra en al volante. Claudia y yo nos subimos en la parte trasera del BMW y Luis lo hace de copiloto.

Mientras arranca, el chico se presenta como Christian. Explica que es socio de Luis y nos informa que nos vamos a una discoteca llamada S.G donde hay diferentes estancias para todos los gustos.

Eso nos gusta, pues no somos de estar bailando horas y horas, sino un poco de cada cosa. Claudia me mira y sé que estos dos hoy terminaran retozando en la cama. Vamos que van a follar como conejos.

«Hoy también disfrutaré como debe ser», afirmo notando como me comienzo a excitar.

Aparcamos el coche y nuestros caballerosos acompañantes nos indican con la mano en nuestra espalda hacia dónde dirigirnos. En la calle hay una cola de gente esperando, no obstante, el vigilante al ver a los hombres nos abre otra entrada.

«Estos dos juegan en una liga diferente», manifiesta mi mente.

En el interior, una música actual nos da la bienvenida, además de la gente que se encuentra bailando. Luis me pide al oído que le siga, no obstante, no tengo otra alternativa, puesto que me coge de la mano antes de tirar de mí.

Por el rabillo del ojo veo como Claudia se encuentra en la misma tesitura que yo. Mi amiga sonríe de manera pícara.

Al llegar a un reservado, Claudia se acerca a mí, para susurrarme al oído.

—Hoy triunfamos, hermana.

—Ya te digo. Luis ha conseguido despertar mis hormonas y aún no hemos hecho nada.

—No sabes cómo me gusta que me digas eso.

Los chicos se sientan a los extremos de nosotras y la mano de Luis no tarda en situarse encima de mi rodilla desnuda.

Siento como la temperatura corporal de mi cuerpo aumenta y como un cosquilleo en mis partes se intensifica.

Doce razones

«Joder, este hombre exuda feromonas sin hacer nada», confirmo sin remedio en mi cabeza.

—Cecilia, ¿qué te ha traído a Málaga? —cuestiona intrigado acercándose más a mí.

—Pues un cambio en mi vida. —respondo con brevedad.

—Los cambios son buenos si son para bien. —afirma y en ese momento somos interrumpidos por una camarera.

Pedimos nuestras consumiciones y en cuanto se va, me acerco a Luis para susurrar en su oído.

—De momento estoy encantada con todos los que he hecho —mientras digo eso, he situado mi mano en su pecho, y la he ido bajando como una caricia, para acabar en su cinturón. Exactamente justo encima de una pequeña protuberancia, la cual, aumentaba a más.

—Pues no sabes cómo me gusta eso. Porque sí me dejas, te prometo que te pienso llevar al cielo varias veces.

Asiento con la cabeza al tiempo que me muerdo el labio inferior. Los ojos de Luis se oscurecen. Su mano se sitúa de nuevo en mi muslo, pero en la cara interna. Uno de sus dedos se mueve acariciando la prenda se oculta, mi tanga.

En ese momento, lamento no haber prescindido de ella. Puesto que, si no, ahora mismo podría gozar sin que nadie se diera cuenta. Pero mi acompañante no duda en apartar la prenda hacia un lado y yo me inclino hacia delante intentando ocultar mi cara, no obstante, en ese momento la camarera llega con nuestras bebidas.

La mano de Luis abandona esa zona, pero solo por corto periodo de tiempo. En cuanto da un trago a su combinado, lo deja en la mesa y vuelve a su hacer.

Doce razones

Mientras la camarera deposita las bebidas, observo como mi amiga no ha perdido el tiempo, puesto que estaba bebiendo de la boca del chico, mientras que al mismo tiempo ambos se manoseaban.

Bebo un poco de mi combinado y para darles un poco de intimidad, le comento a Luis que vayamos a bailar.

Al levantarnos, Claudia me pregunta si vamos a bailar y yo afirmo con la cabeza además de un guiño.

En la pista de baile no dudo en manosear a Luis con todo mi descaro. Por delante, por detrás, los dos nos acariciamos, incluso, casi tengo un orgasmo solo con la pierna de Luis, la cual, se ha colado entre mis piernas, mientras le comía la boca.

—Me estás calentando mucho, rubia.

—Ya somos dos. —Susurro antes de gemir—. Tal vez necesitemos irnos antes.

—¿Pretendes que salga de aquí con semejante tienda de campaña entre mis piernas?

—¿Y qué sugieres? —ronroneo más caliente que un volcán.

—Liberar tensiones, para que pueda disfrutar de ti en la cama de tu hotel.

—Suena bien... —manifiesto antes de manosear su paquete.

Luis en ese momento no puede más y tras coger de nuevo mi mano me guía hasta lo que parecen los aseos. Entre la puerta de los hombres y la de las mujeres se encuentra el de minusválidos.

Doce razones

Luis abre sin dilación y al entrar los dos me apresa sin delicadeza antes de subir mi vestido hasta la cintura, no es algo que le lleve mucho tiempo, puesto que quedaba apretado justo al terminar mi trasero.

Mi tanga desaparece bajo su mano de un tirón y antes de cogerme me dice.

—Mañana tendrás diez como este. —Comunica antes de cogerme e introducir su espada como si me atravesara.

Gimo como una condenada, antes de que su boca se apropie de la mía.

«Este hombre sabe qué hacer con su polla», reflexiono en medio de mi goce.

Su boca se mueve con una maestría que antes no he conocido, sin embargo, eso no impide que saque mi lado más desinhibido.

Mi placer está tan cerca que las contracciones de mi útero hacen que el placer de mi amante se duplique.

Luis abandona mi boca y en mi oreja me pide que me corra junto a él.

Muevo la cabeza afirmando, aunque en verdad no sé si me ha entendido.

Poco después me dejó ir en el mayor de los orgasmos que he tenido el placer de tener.

Mi amante se deja ir entre gruñidos y al acabar en vez de bajarme, se mueve hasta el lavabo donde me deja antes de separarse. Mi sexo desnudo al contacto de la encimera fría produce un gemido que no puedo evitar.

Doce razones

Luis suspira antes de abrir el agua del grifo, y poco antes de coger un poco de agua para limpiarme, levanta mi pierna más próxima al lavabo.

El contacto con el agua fría en mi sexo caliente hace que de nuevo me excite. Y sin pensarlo le digo con un tono libidinoso que prefiero su lengua.

Luis no duda ni un segundo en agacharse y comenzar a chupar mi centro. Mis manos vuelan solas a su cabeza y me muevo intentando que la fricción sea mayor.

De mi boca no puedo evitar que salgan todo tipo de gemidos, bueno, la verdad es que ni intento que no salgan. Me da lo mismo, en ese momento, me creo una diosa.

El placer embriaga mi cuerpo con una maestría inusual. Puesto que mi exmarido nunca me lo proporciono.

«Hijo de su madre, seguro que a ella si se lo hacía...», comenta mi subconsciente antes de que deseche ese pensamiento. A continuación, veo a mi amante levantarse de entre mis piernas.

Su cara es de pura ambrosía y no dudo en bajarme para hacerle una felación a la altura de su cunnilingus, vamos excepcional.

Su miembro es muy grande, más que el de mi exmarido, pero eso no impide que me aplique muy bien.

Sus gruñidos no se hacen de esperar, igual que su mano en mi cabeza para guiarme en el ritmo.

Mi amante se deshace entre mis atenciones y con un gruñido más alto que los otros se deja ir en mi boca.

Me levanto y nos besamos con ferocidad. Y aunque deseo un nuevo asalto, no lo quiero en este baño.

Doce razones

Luis parece pensar lo mismo, pues siguiere que la fiesta la continuemos en mi hotel. Por supuesto que acepto, entretanto, bajo mi vestido.

Voy a salir del baño, pero Luis se sitúa en mi espalda y me recuerda que no llevo nada que tape mis partes. Con una voz demasiado sexy me pide que cierre las piernas al sentarme en el reservado.

Él opina que le voy a hacer caso, no obstante, lo haré, sin embargo, no porque él lo diga.

Al llegar al privado la escena que me encuentro no me sorprende para nada, pero a mi acompañante sí.

Nuestros amigos se encuentran retozando sin vergüenza en los sofás.

Luis bebe su bebida de pie, al igual que yo con un poco de rapidez.

Claudia, al sentirse observada, levanta la cabeza, en el momento que le digo adiós. Mi rostro de recién follada le debe de gustar, pues su cara de satisfacción es lo último que veo antes de que siga a lo suyo.

En la puerta cogemos un taxi y le indico mi hotel. La mano de Luis se posiciona en mi muslo y salvaguardada por el asiento, comienza a masturbarme.

Aprieto los labios y me contengo de no emitir ningún gemido, por suerte no tardamos en llegar y mi amante abandona mi centro antes de que me corra.

Accedemos al hotel después de abonar mi acompañante la carrera y entramos al ascensor. En él se encuentran otras personas y por ese motivo no me he podido abalanzar contra él.

Doce razones

Una vez llegamos a la planta, vamos con premura a la puerta y tras acceder la pasión se desata.

Mi vestido vuela, su pantalón cae al suelo, del mismo modo que su camisa. Su bóxer me estorba igual que mi sujetador.

Una vez nos encontramos desnudos y una larga tira de condones a mano nos ponemos a acariciarnos.

Mis pechos en su boca, mi mano en su miembro. Yo a horcajadas, al tiempo que él se encuentra sentado. Yo tumbada sobre la cama mientras hacemos un sesenta y nueve. La cantidad de posturas que ponemos en práctica mi amante y yo y por supuesto un placer que nunca había alcanzado fue lo que ocurrió antes de caer rendidos y muy satisfechos.

«Un Dios sexual, eso es lo que es». Sentencio cuando ya he perdido la cuenta de los orgasmos que llevo.

Doce razones

Capítulo 5

Un dulce que no amarga a nadie

Cuando despierto por la mañana, Luis se encuentra frente a mí con una taza de café como Dios lo trajo al mundo. Su verga se encuentra alzada como el mástil de un barco. Mi vista va ascendiendo por su torso, el cual es una escultura muy bien esculpida.

Al llegar a su rostro, veo como su cara es de satisfacción. Sin embargo, antes de hablar, Luis me pregunta intrigado.

—¿Estas hambrienta, preciosa?

—Mucho... —asiento destapándome y abriendo las piernas—. ¿Y tú?

—Me acaba de entrar un hambre al ver un apetitoso manjar.

—Pues acércate y dame de comer, bombón.

—¿Bombón? —cuestiona acercándose y yo asiento.

Me pongo de rodillas en la cama con las piernas separadas. Luis llega hasta mí y en cuanto comienza a besarme mis manos van a su miembro y la suya a mi centro. Mis jugos empapan su mano y poco antes de llegar a la cúspide del placer, me insta a tumbarme.

Se acomoda entre mis rodillas y antes de atravesarme con su lanza, recoge algunos de mis fluidos con su lengua. Poco después, con mis piernas situadas en sus hombros, mi amante me penetra sin darme tregua.

Saciados, al menos de momento me ducho antes de vestirme. Claudia ha pasado la noche con Christian y en ese momento se encuentran desayunando en una cafetería cercana, por lo que vamos con ellos.

Al llegar, pedimos nuestras consumiciones y al terminar nos ponemos a hablar. Por lo visto Claudia le ha contado a Christian a que hemos venido.

—¿Así que os vais a mudar aquí? — indaga Luis.

—Sí —afirmo sin dar más datos.

—¿Y cuándo te vas a ir? —sondea antes de que Claudia interrumpa.

—¡Oye! Luis me caías bien hasta que has empezado a ignorarme.

—Perdona, Claudia. ¿Cuándo os vais?

—Eso está mejor. Nos marchamos el martes.

Luis propone ir a su casa para que probemos su piscina.

—Nos esperas o nos das la dirección.

—Nada de eso, preciosa. Os esperamos aquí.

Claudia y yo nos vamos a nuestras habitaciones a por la ropa que nos vamos a llevar. Por supuesto, el bikini es lo primero que meto en el bolso. Poco después Claudia llega y mientras termino nos contamos las novedades.

Por lo visto Christian es como Luis, vamos dos dioses en la cama. Mi amiga se alegra de que por fin haya disfrutado como una perra. Y entre risas me dice que la cara que poseo nunca la ha visto con mi exmarido.

—Vamos a dejar de nombrarle, no quiero recordar a ese malnacido.

Doce razones

—Tienes razón, mejor vamos a darnos prisa para irnos con esos dioses que nos están esperando.

Poco después abandonamos la habitación y el hotel. Los chicos nos cogen de la cintura y nos indican hacia donde ir. Nos sentamos como la noche anterior y ponemos rumbo a la casa de Luis.

Al llegar introduce el coche en un garaje, justo al lado del de Luis. Nos enseña las estancias de abajo y queda claro que este chico tiene mucha pasta. Desde la cocina vemos el jardín y la piscina, la cual, es gigantesca.

Claudia y yo vamos al baño y nos ponemos los bikinis. El suyo es azul, mientras que el mío es rojo. Mi braga es tipo culote y el de Claudia no me sorprende que sea un tanga.

Sin ninguna prenda cubriendo los cuerpos. Las caras de Luis y Christian son de satisfacción y de lujuria.

Las dos después de nuestro momento de gloria nos lanzamos a la piscina y cada una se va a un extremo. Por supuesto, es algo que hacemos a propósito. Luis no tarda en aparecer a mi lado y tras besarme con pasión indica.

—Este bikini debería ser ilegal.

—¿Por qué? —cuestiono poniendo mis brazos sobre sus hombros.

—Pues porque te queda demasiado bien.

—Pues a mí me gusta. Además, es nuevo y tengo que lucirlo. —comunico antes de besarlo de nuevo.

Pasamos el rato en la piscina, jugando los cuatro, hablando y cuando el hambre apremia, Luis sale para ordenar la comida.

—Mañana os cocino, lo prometo. —Informa antes de desaparecer para traer unos refrescos.

Mientras bebemos las bebidas hablamos un poco de nosotros y yo solamente les comunico a los chicos que me he divorciado hace poco y por eso he querido irme del que es mi hogar. No les cuento nada más, pues a fin de cuentas solo son dos hombres con los que estamos teniendo sexo.

La comida es muy buena y poco después nos metemos de nuevo en la piscina, antes de que comience nuestro cuerpo a hacer la digestión. En cuestión de minutos el ambiente se caldea hasta el punto de tener que abandonar la piscina para que Luis me muestre su dormitorio.

A decir verdad, no veo mucho de él, pues Luis se abalanza sobre mí nada más cerrar la puerta. Unas horas después, indica que mi exmarido es un gilipollas, por dejar marchar una mujer como yo.

Tanto Claudia como yo, no conseguimos averiguar muchas cosas de ellos. Luis es muy misterioso en cuanto a su profesión y la de Christian, lo único que pudimos averiguar es que son dos empresarios.

A media tarde les decimos a los chicos que nos marchamos y aunque insisten que nos quedemos declinamos la oferta. Unas horas después, nos dedicamos a sacar hipótesis de su profesión, pero lo cierto es que no podremos averiguarlo fácilmente, pues no conocemos ni su apellido.

Al llegar a nuestro hotel, en la recepción me dan varias bolsas de una conocida tienda de ropa interior. Una vez en mi habitación saco todos los conjuntos y estoy viéndolos en el momento que recibo un mensaje.

Doce razones

Luis:

Espero que todos te queden tan bien Como los tuyos, pero lo que más me gustaría es volver a verte con ellos puestos. ¿Me dejarás?

Cecilia:

Puede, aun así, muchas gracias. Todos son preciosos.

Me encuentro viendo una película, cuando entra un mensaje de Luis. Segundos después y sin mirar la pantalla descuelgo al entrarme una llamada, sin embargo, no se trata de él.

—¿Me extrañas?

—Todos los días. —Afirma mi exmarido y yo maldigo por no haber mirado primero.

—Pues te jodes y llamas a tu ayudante.

—Ella no me sirve, tú en eso eras perfecta. Ceci, sabes que no solo fue mi culpa.

—¡Ah! ¿Entonces fue mi culpa? Eso es lo que quieres decir. Yo me casé engañada. Me has humillado de la peor forma y aun así yo tengo culpa. ¡Eres un desgraciado!

—Cecilia, te he llamado para ver si ya estabas más tranquila, pero ya veo que no. Mejor lo vuelvo a intentar en otro momento.

—Que no quiero hablar en otro momento. Lo que quiero es que me olvides. Que te olvides que un día tuviste una esposa que te amó con locura.

—¿Amó? Eso significa que ya no.

Doce razones

—Deje de amarte hace mucho tiempo, pero la verdad es que descubrir a tu marido retozando con su ayudante consiguió ayudó mucho a abrir los ojos. Por favor, borra mi número y olvídame como yo lo he hecho.

Cuelgo la llamada y me voy al cuarto de baño. Estoy echándome agua en mi rostro cuando me vuelve a sonar el móvil. Luis pone en la pantalla, pero la conversación con mi ex me ha dejado tocada y ahora no quiero hablar con él.

En cuanto cuelga, le envió un mensaje diciéndole que ahora mismo no puedo hablar con él y que mañana le llamo. En ese momento unos golpes en la puerta me sobresaltan.

Luis se encuentra al otro lado de la puerta. Abro y al ver mi cara, pregunta con tono de preocupación que me ocurre.

—Pensaba que eras tú y era mi ex.

—Y te has alterado… —asume aún en la puerta.

—Sí.

—En ese caso te dejo —comenta antes de girarse.

—Te puedes quedar si haces que me olvide de él —insinúo sin reflexionar.

Luis se vuelve a girar y su mirada hace que me excite antes de entrar en la habitación.

—Eso preciosa, no es para nada complicado— proclama antes de abalanzarse hacia mí.

Y vaya si lo consigue. Reflexiono horas después.

El lunes por la mañana lo dedicamos a hacer turismo y buscar donde comprar las muebles para nuestros nuevos hogares. En unos grandes almacenes, nos hacemos una idea de cómo queremos las estancias.

Doce razones

Por supuesto, queremos dejarlo a nuestro gusto y por primera vez no tengo que negociar con nadie por lo que me gusta.

—Claudia es la primera vez que puedo decidir libremente y no quiero perder eso nunca más.

—Me alegro mucho, hermana.

Nos abrazamos emocionadas y a la salida nos vamos a comer. Son las cinco de la tarde cuando llegamos a la notaría donde vamos a firmar las escrituras.

El trámite no nos lleva mucho tiempo y una hora después somos las propietarias de dos casas. Con las llaves y las escrituras en nuestro poder, no perdemos el tiempo y nos vamos a celebrarlo.

Dejamos los papeles en nuestras habitaciones y nos vamos a cenar para celebrar que todo ha salido bien.

La verdad es que nos emborrachamos un poco con el vino que hemos elegido. Llegamos al hotel y antes de separarnos quedamos que a las diez abandonaremos el hotel.

Tanto Claudia como yo dormimos muy bien. Al día siguiente, después de dejar el hotel, desayunamos y cogemos la carretera para volver por última vez.

Es por la tarde en el momento en que llegamos a casa de Claudia. Clara nos sorprende en casa y tras contarnos que le han cancelado la sesión de fotos tiene más días libres hasta que tenga que estar en Ibiza para una sesión fotográfica.

La empresa de la mudanza que hemos encargado son unos profesionales, pues dos días después estamos haciendo el viaje a Málaga, pero esta vez con Clara en la parte trasera.

Doce razones

Doce razones

Capítulo 6

Una de cal y otra de arena

Llegamos a nuestros hogares ya por la tarde noche del jueves, pero estamos tan emocionadas de estar las tres juntas que decidimos salir a celebrar. Estoy tentada a llamar a Luis, pero al final decido que si él no ha querido ponerse en contacto conmigo es porque he sido una más.

Doy gracias por todos los orgasmos que me ha brindado y le pongo en la parte de mi vida que me afecta, lo mismo que un billete de cincuenta euros. Es decir, si lo perdiera, pues me importaría y me daría rabia, pero unas horas después lo olvidaría, pues él lo mismo.

Salimos de la urbanización pasadas las nueve de la noche y ponemos rumbo a Málaga. El coche lo aparcamos en el mismo parquin que lo dejamos la otra vez y caminamos por el centro de la ciudad antes de entrar en un restaurante.

En nuestro paseo varios hombres se voltean para mirarnos con descaro. Normal, somos unos ángeles. Todas vamos con un vestido blanco que nos llega a medio muslo y en los pies llevamos unos zapatos rojos, a juego con nuestros labios. El vestuario de Clara es una preciosidad, su espalda está descubierta, salvo por las cuerdas que unen su vestido. No lleva sujetador y por supuesto no le supone ningún problema, pues de las tres es la que menos delantera tiene.

El de Claudia es estilo al Marilyn Monroe, en aquella película se le levanta el vestido a causa del viento. Y el mío, pues la verdad es que es nuevo y cuando le vi me enamoré de él.

Doce razones

Es de palabra de honor y debajo del busto tiene una cinta de pedrería. Ajustado en el pecho, suelto por la falda. Vamos, que somos unas bellezas y cuando algunos nos miran con hambre, nos portamos como unas diablas y nos mordemos el labio inferior provocando más…

Estamos llegando al restaurante que cenamos Claudia y yo la última noche en esta ciudad cuando Clara pide que entremos en él. Al entrar todo el mundo nos mira, y hasta alguna mujer ha reprendido a su acompañante.

Pedimos para beber varios refrescos y una botella de agua. Esta noche hay cero alcohol por el tema de conducir. A Clara le hemos prometido que el sábado la llevaremos al local que fuimos con aquellos dioses que nos hicieron alcanzar la luna desde la cama del hotel y ella se queda conforme.

Al día siguiente nos espera la ardua tarea de comenzar a desempacar y por supuesto ir a buscar los muebles para nuestros nuevos hogares. Decir que hallamos muy ilusionadas es un eufemismo, pues estamos eufóricas.

Salimos después de cenar como tres gorronas hambrientas y le enseñamos el hotel donde nos quedamos en nuestro viaje. Por supuesto, también le decimos los sitios que tenemos que visitar con ella.

Cerca de las doce llegamos a casa y tras echar los colchones al suelo, poner una sábana y vestirnos con los pijamas nos dormimos hasta el amanecer.

Al día siguiente y tras la visita del de la compañía de la luz, nos vamos a por los muebles. Toda la mañana visitando almacenes y comprando como si no hubiera un mañana nos deja extenuadas.

Doce razones

Claudia nos pide almorzar en el centro y las dos accedemos, pues tenemos un hambre canina. En un restaurante cercano apoyamos nuestros traseros después de lavarnos las manos.

Claudia, Clara y yo disfrutamos de una comida fabulosa y al acabar una llamada me sobresalta. En la pantalla del móvil me indica que me está llamando Luis.

—¿De quién se trata? —indaga Clara.

—Es el Dios del sexo. Voy a cogerlo fuera.

Murmuran un ok y salgo del restaurante.

—Hola… —saludo al descolgar.

—Hola, preciosa. ¿Qué tal te va? —comenta Luis.

—Bien, gracias.

—Me alegro. Oye me gustaría volver a verte.

—Pues de momento estoy ocupada, no sé cuándo podré.

—Claro, lo comprendo. Cuando puedas me llamas y nos vemos.

—Ok, ya hablamos. —explico para terminar la llamada.

—Adiós, preciosa.

Cuelgo la llamada y estoy entrando de nuevo al restaurante cuando recibo un mensaje. Veo que se trata de Luis y lo abro para descubrir una foto mía en una tienda de almacenaje esta mañana.

Al final de la imagen está escrito.

"Cuando termines de comprar todo para tu casa, espero que también me invites a visitarla"

Doce razones

Tecleo con rapidez, y sin reflexionar.

"Todo en esta vida puede ser"

Tras darle a enviar lo bloqueo y continúo caminando hacia la mesa donde cuatro pares de ojos me miran con curiosidad.

Les cuento a las dos la conversación y al acabar les enseño el mensaje. Ambas coinciden en que debo hacerme la dura. Además de que es muy importante seguir conociendo a más hombres, para que me sigan proporcionando orgasmos como los que tuve con él.

Me rio y eso provoca las carcajadas de las demás. Algunos clientes nos miran y decidimos dejar las risas para otro momento. Salimos después de pagar la cuenta y nos vamos de nuevo a comprar lo que nos falta. Que son los dormitorios y contratar a una empresa de reformas.

Cuatro horas después y con el sol a punto de ocultarse, estamos camino a nuestras casas. En esta ocasión Claudia y Clara se marcharán a su nuevo hogar, pues al día siguiente muy temprano tienen la visita de la empresa de reforma, igual que yo, y además nos traerán los muebles que hemos comprado.

Al día siguiente, con el amanecer, me tomo mi café expreso, mientras preparo todos los bártulos para limpiar mi casa. La música de Pastora Soler, Edurne, Aitana, entre otros, suena a pleno volumen. Ellos serán los encargados de que mueva mi cuerpo, mientras hago todo lo que tengo en mente.

El primer lugar es el dormitorio. Una vez acabado, repaso el baño y a continuación el salón. En la cocina, solo limpio la parte que voy a utilizar, puesto que tengo claro lo que quiero y espero que el de la reforma me diga que si se puede.

Doce razones

Las chicas y yo nos enviamos mensajes de fotos absurdas para hacernos más llevadera la tarea. Vale que nos guste hacer las cosas, pero la verdad es que necesitamos ayuda con nuestras casas.

Las tres lo hemos decidido, tras ver como se nos han quedado las manos y eso que nos hemos puesto guantes.

«¡Madre mía! Qué profesión más dura es», resuelvo al ver que tendré que ir a hacerme la manicura.

Estoy recogiendo todo cuando aparece el contratista. En casa de Claudia y Clara ha dicho que se puede hacer lo que ellas quieren. Espero que a mí también me diga lo mismo.

Le explico lo que quiero y él comienza a indagar. La suerte me sonríe al decirme que se puede hacer todo menos una cosa. Y eso me jode demasiado.

—Pues me acabas de arruinar la idea.

—No veo por qué, solo hay que cambiar la organización. Te aseguro que tu idea es buena, pero no con esta distribución.

—Quiero poner una isla y es donde está esa pared. ¿Cómo la pongo?

—Así mira —informa antes de toquetear en su Tablet.

Un poco más tarde, me enseña una reproducción de como quedaría.

—Vaya... Pues me gusta lo que veo.

—A mí también —replica mirándome.

«Este quiere marcha», manifiesta mi diabla.

Decido seguirle el juego y pego mis pechos a su brazo.

Doce razones

—Y dime una cosa. ¿Se podría poner dos hornos en este lugar?

—¿Quieres dos hornos? —pregunta intrigado, pero no se aparta.

—Sí, verás... Quiero abrir un negocio de repostería. Algo exclusivo y dulce como yo. Y por supuesto tengo que practicar antes mucho...

—¡Vaya! Pues a mí me gustará probar algún dulce tuyo —manifiesta con voz ronca.

—Claro. Tú haz un buen trabajo y yo te daré muchos dulces.

El contratista me mira con ojos hambrientos y decido darle un aperitivo.

Mi mano viaja por uno de sus brazos desde arriba hacia abajo. El hombre separa los labios antes de suspirar y antes de que me dé cuenta me encuentro en la encimera sin pantalones, y el contratista taladrando con su verga mi canal.

Un tiempo después, nos despedimos con dos besos y por supuesto con la promesa de volver a pasarlo bien.

Mi cara de satisfacción es tan evidente cuando aparecen mis hermanas que no me queda más remedio que decírselo.

—Por lo menos dime que ha sido donde has limpiado.

—Por supuesto —respondo con satisfacción—, y después he tenido que volver a limpiar, pero no me importa. Os tengo que decir que los hombres de aquí, o sea Luis y el contratista, saben trabajar muy bien los canales.

Doce razones

—No hermana, eso no es así, lo que sucede es que tu exmarido es un gilipollas que no te sabía dar bien matarile y ahora estás descubriendo un mundo diferente.

—Venga os invito a cenar, por esa verdad, como un templo —alego antes de irme a duchar y vestir.

En esta ocasión no vamos a Málaga, sino a un pueblecito muy cercano que nos han hablado muy bien. Es pequeño y por eso nos han recomendado que hagamos reserva. Estamos a medio cenar, en el momento en que aparecen Luis, Christian y dos mujeres. Sus caras son de asombro, pero al ver que no tenemos el más mínimo interés de saludarlos se hacen los locos.

«Estos se pensaban que íbamos a reclamarles», resuelvo en mi cabeza al ver como se sientan.

Le decimos a Clara que son los dioses del sexo, porque obviamente mi amiga nos conoce muy bien. Ella los mira desde su posición antes de hablar.

—No me extraña que les digáis así. Todas las féminas de aquí se sienten atraídas por la cantidad de feromonas que expulsan.

—Por eso les bautizamos los dioses del sexo — proclamo antes de ver como los dos se levantan.

Las mujeres que los acompañan nos lanzan dagas con los ojos, bueno lo harían si pudieran.

—Buenas noches, bellas damas. Qué gusto en coincidir con vosotras en este lugar —expone Luis mirando a todas, hasta que clava su mirada en mí.

—Sí, nos han hablado muy bien de este restaurante tan romántico, como no tenemos pareja, ni la deseamos tampoco, pues hemos venido por nosotras mismas —proclamo muy segura de mi misma.

—Nosotros hemos venido con unas amigas. Tal vez, puedas acompañarme otro día, aunque no seamos pareja.

—Vaya, creo que no será posible. La verdad es que no me gusta repetir. Soy más de conocer sitios nuevos. No sé si me entiendes…

—Perfectamente. Sin embargo, es una pena, pues cuanto más repites, más te ayuda a conocer y saborear mejor el plato.

Toda esta conversación se ha producido entre Luis y yo sin dar tiempo a nadie a contestar. Claudia, que por supuesto, tiene muchas más tablas que yo, les informa a los chicos, que si nosotras fuéramos sus acompañantes no permitiríamos que se levantaran de la mesa, para venir a saludar a otras dos amigas. Pues eso podría ser interpretado de que nosotras somos más importantes que ellas. Algo que es del todo incierto, porque si no hubiera habido algún tipo de intercambio de mensajes en este periodo de tiempo.

Christian fulmina a Claudia con la mirada, sin embargo, mi hermana no se achanta lo más mínimo.

Las chicas comienzan a llamarles al ver que no vienen y cuando creemos que se darán la vuelta para marcharse, nos informan los dos.

—Mañana chicas estáis invitadas a cenar, para compensar lo maleducados que hemos sido al haberos ignorado.

—No sé… —comienza a decir Claudia, pero Christian le corta.

Doce razones

—Os enviaremos un mensaje con la dirección, por supuesto las tres estáis invitadas — comunica antes de que se den la vuelta.

En cuanto se alejan, Claudia comienza a hablar.

—Este tío... No sé quién se cree para que nos hable así y a continuación irse. Por cierto, Cecilia. Me he quedado perpleja al verte hablarle así. Y esa forma de hablar con doble intención ha sido mortal —expresa Claudia cambiando de tema radicalmente y Clara sonríe contagiada.

—Es que ya está bien de jugar ellos a las cartas. Nosotras también tenemos voz y voto.

—Mañana vamos, pero solo para que se vean lo que se han perdido —comunica Claudia.

—Yo quiero ver más de esta nueva, Cecilia. Por lo menos antes de que me vaya —indica Clara al tiempo que hace un mohín.

Esa noche, en cuanto me pongo el pijama, saco la libreta y busco una página en concreto.

Poco tardo en encontrar la hoja que busco. En su titular reza. Doce razones. La verdad que no sé por qué, pero tacho con típex razones y en su lugar pongo propósitos. Y me dispongo a subrayar las que ya he cumplido.

«Esto está muy bien, Cecilia», me animo a mí misma y veo que dos puedo tacharlas en breve.

Esa noche, antes de dormirme, concluyo que al día siguiente iré a comprarme el coche.

«¡Ya llego tu momento!» Exclamo ilusionada en mi mente.

Doce razones

Esa noche sueño con Luis y aunque deseo darle un escarmiento, eso no quita para que me excite mientras duermo. ¿O sí?

Capítulo 7
Cumpliendo deseos

La mañana llega con un sol radiante y con los ánimos por las nubes. Desayuno con la música de Aitana y su tema "nada sale mal". Habla de arriesgarse, entre otras cosas. Hoy solo me interesa, ese mensaje.

«Hoy nada saldrá mal», zanjo antes de irme a duchar.

Salgo de casa, casi una hora después y es que, ya que he buscado que ponerme, ya he decidido el modelito de esta noche. Quiero a Luis se le salgan los ojos de las cuencas y sepa en sus propias tripas lo que nunca volverá a tener.

«Nunca digas nunca», me reprende mi subconsciente. Pero mi diabla muy lista le contesta, que solo lo he dicho en mi cabeza, no en voz alta. Así no se hace realidad, ¿verdad?

Las tres viajamos en el coche de Claudia y tras investigar en San Google, nos dirigimos a un concesionario que tiene vehículos de ocasión.

Que tengo dinero es una realidad. Pero que no voy a ir derrochándolo, también lo es. Al llegar informo al dependiente que se encuentra lo que quiero y la suerte me sonríe, pues tiene dos que se ajustan a mis necesidades.

El primero es un Seat León. De color rojo, cinco puertas y 130 caballos. El segundo es un Audi A3 negro, cinco puertas y 110 caballos.

Las chicas me animan a seleccionar el Seat, por el color y la velocidad.

Doce razones

Le pregunto al chico la forma de cobrar y tras decirme que si lo voy a abonar sin financiarlo me rebajan casi mil euros. No dudo en pedirle el número de cuenta para ordenar la transferencia.

Una hora después salimos tras haber dejado todo listo para que el próximo lunes me entreguen mi vehículo. Claudia y Clara se encuentran tan contentas como yo al haberme decidido a comprarme mi coche.

Con ese trámite hecho, decidimos ir a comprar para comer en casa. La barbacoa me llama desde que me he instalado y aún no la he estrenado.

Chuletas de cordero, brochetas de sepia y un poco de verdura asada son los ingredientes que cocinamos esa primera vez. En el jardín la verdad es que se está de lujo y con anhelo espero que el verano no tarde en llegar para estrenar la piscina que tengo.

Por la tarde, las chicas se marchan para ponerse muy bellas y yo aprovecho para curiosear en Google. Tengo claro que quiero adoptar un gato como Claudia hizo en su día con Romeo, por lo que investigo donde hay una protectora.

Cojo la libreta y anoto los datos de algunas. Al terminar marco un tic de hecho en comprar un coche de la lista.

Me pierdo entre mis pensamientos recordando ese momento que todas las vendas se me cayeron casi al mismo tiempo. Coraje, impotencia, rabia resurgen como aquel día al darme cuenta de cómo me habían manipulado, como me habían anulado como mujer, pero sobre todo como habían jugado conmigo como si fuera una simple ficha de un tablero de ajedrez.

«NUNCA MÁS», clamo en voz alta.

Doce razones

Acto seguido comienzo a prepararme para brillar como nunca esa noche.

El vestido que he elegido es muy bonito al verlo, pero al ponérmelo estoy espectacular. Es de los pocos vestidos largos que tengo, sin embargo, tiene una abertura en la pierna derecha que llega hasta casi la ingle. La parte de arriba está sujeta por dos tirantes finos que van desde la parte delantera derecha hasta la espalda en lado izquierdo.

Para picarlo aún más. Decido vestirme con uno de los conjuntos que me regaló Luis y que además es azul oscuro como el vestido.

En cuanto termino de prepararme, voy a la cocina y tomo una copa de vino. Necesito mostrar toda la indiferencia posible con Luis, porque para ser sincera Christian me importa muy poco. Ese se lo dejo a Claudia, la cual estoy segura de que se lo comerá con patatas antes de terminar esta cena.

Un mensaje me llega junto con una dirección. Hago una captura de pantalla y se lo envío al grupo que tenemos las tres, el cual, se llama Las Únicas.

Ese título tiene un por qué y es porque cada una de nosotras somos únicas. No hay dos de cada una en ninguna parte y además porque como comenzamos esta amistad no se puede calificar como algo casual, sino que más bien es todo lo contrario.

El Uber llega a la hora acordada y nos montamos sin mucha dilación. En el coche dejamos en claro en que nos vamos a comportar al inicio como si estuviéramos encantadas con su atención, pero nos haremos las fuertes. En cuanto intenten algo con nosotras les daremos largas hasta que su excitación esté en cotas muy altas y sin ningún remordimiento, les diremos que busquen quien se la rasque, por qué nosotras no somos mujeres de segundo plato.

Sabemos con seguridad en que nos llamaran de todo, incluyendo el típico "perra" lo malo de toda la situación es que llegaremos a casa con un calentón de primera y tendremos que resolverlo con nuestros juguetes sexuales.

En cuanto llegamos al lugar nos asombramos, pues no se trata de un lugar corriente. El local se llama "Placeres"

Lo primero que nos damos cuenta de que ellos han querido sorprendernos, algo que sin duda han conseguido. Lo segundo es que ellos no se imaginan que nosotras estamos más que acostumbradas a estos ambientes. Y lo tercero es que rezamos porque nadie de los aquí presentes nos conozca, pues si no tendríamos que dar unas cuantas explicaciones que sin duda no queremos dar, al menos en mi caso.

Abonamos el trayecto entre las tres y abandonamos el coche. En la entrada un gorila nos da la bienvenida. Vemos que lleva un pinganillo e intuimos que le han dicho algo por él, pues su gesto ha cambiado.

Un camarero nos pide que lo acompañemos sin preguntarnos siquiera nuestros nombres. Accedemos por una puerta y después otra. Llegamos a una estancia donde solo se encuentra una mesa redonda para seis comensales.

Las tres nos inquietamos, pues esto huele a encerrona y empiezo a ponerme inquieta. Claudia mira todo con curiosidad hasta que se percata de una cámara. Está de frente a nosotras, pero parcialmente oculta por la lámpara.

—Chicos listos son nuestros acompañantes. Mira Clara, hasta a ti te han buscado pareja —comenta Claudia como si nada.

Doce razones

—Es verdad... se creerán que por eso tienen puntos ganados —añado yo poniéndome de frente a ellas y de espaldas a la cámara.

Con los labios les digo que esto pinta mal y afirman casi sin que se den cuenta, pero antes de que diga algo más aparece Christian y otro hombre que no conocemos se adentran.

Ambos están vestidos con una camisa blanca impoluta y un pantalón negro. El cinturón hace que la camisa evidencie los músculos que hay debajo de ella. Christian es un Dios andante, pero el otro no tiene nada que envidiarle. Puesto que se parece a Chris Hemsworth, de hecho, los tres tienen unos rasgos muy parecidos, salvo por el corte de pelo.

—Estáis muy hermosas. Muchas gracias por venir a nuestro territorio —comenta Christian.

—No es que no hayáis dejado elección, la verdad —responde mordaz Claudia.

—Bueno.... Quizá hemos jugado con un poco de ventaja, pero nada más.

—Ya claro y los cerdos hablan.

Christian mira a Claudia de una forma intimidatoria, pero antes de que se lance por ella, el desconocido comienza a hablar.

—Hola chicas, mi nombre es Andy y soy otro de los socios de este local.

—¡Vaya! —exclama Claudia sarcástica—. Y cuántos socios sois... porque ya conozco a tres.

—No hay nadie más, preciosa —responde Christian acercándose a ella con lentitud.

Doce razones

En ese momento entra Luis y se dirige hacia mí.

—Eres una rubia muy lista, Cecilia —manifiesta en mi oído y acto seguido muerde el lóbulo de mi oreja.

Un pequeño latigazo de deseo atraviesa mi cuerpo y aunque intento controlarlo no llego a hacerlo del todo. Luis besa mi mejilla muy cerca de la comisura de mis labios y se gira hacia los demás con su brazo abarcando mi cintura.

«¿Cuándo la ha puesto ahí?», reflexiono en mi cabeza, pero no hallo respuesta.

Los tres con una sincronización perfecta nos piden que tomemos asiento. Accedemos más que nada porque en ese momento un camarero entra portando una botella de vino. Luis hace una señal de conformidad y el empleado no tarda en desaparecer.

No pasa desapercibido como nos colocan, pues estamos juntas Claudia y yo, sin embargo, Clara se encuentra sentada entre Luis y Andy. Lo dicho esto pinta mal.

La cena no se hace esperar y la verdad es que tiene muy buena pinta. Verduras a la plancha, pescado variado también a la plancha es lo que encontramos en una bandeja de un gran tamaño.

Nos servimos cada uno en el plato y nos ponemos a comer. Las tres coincidimos en que está muy bueno todo. Clara y Andy se ponen a hablar y aunque Christian lo ha intentado con Claudia, no ha logrado que le responda más que con monosílabos.

Una risa en mi interior intenta salir cuando noto la mano de Luis en mi rodilla desnuda. Todos los vestidos que llevamos puestos tienen esa abertura. Por lo que, a excepción de Claudia, Clara y yo estamos a merced de los chicos.

Doce razones

Su mano se posiciona con disimulo en mi muslo, el cual, por pura casualidad, se ha apartado la tela. Un dedo travieso comienza a moverse como si tuviera un tic.

Intento mantenerme impasible, pero me resulta complicado. El tiempo restante pasa con lentitud, sin embargo, consigo finalizar la cena sin ceder ni un solo milímetro. El problema es que mi cuerpo está ardiendo y no creo que tenga nada que ver porque este enferma.

Los chicos nos miran expectantes y yo tengo claro que todas sucumbiremos al placer que nos proporcionaran estos Dioses.

Claudia y Clara se muestran muy interesadas en las dos botellas de vino que nos hemos bebido.

«¿Dos? En qué momento trajeron la segunda botella», intento averiguar en mi cabeza.

«Cuando estabas pendiente del dedo», responde mi subconsciente.

Luis y los chicos nos cuentan que nos van a enseñar las instalaciones antes de que vayamos a tomar un combinado. Al salir de la estancia por otra puerta diferente nos topamos con un salón prácticamente repleto de mesas ocupadas. En el escenario un cantante ameniza la cena y reconozco que es una idea fabulosa.

Seguimos andando hasta que salimos. Giramos a mano izquierda y nos encontramos con una discoteca exterior, la cual tiene parte de la pista dentro de la playa.

Las chicas y yo exclamamos al ver varias camas balinesas, las cuales en ese momento algunas tienen a personas practicando sexo sin vergüenza o pudor.

Doce razones

Clara no tarda en ponerse del color de la amapola. Ella no es como Claudia y por supuesto, yo tampoco. No pasa desapercibido el susurro de Christian en la oreja de Claudia y ella niega con la cabeza.

Luis me continúa llevando con el brazo alrededor de la cintura y al ver alrededor me percato que mis hermanas se encuentran en la misma tesitura que yo.

Terminamos el recorrido en una parte de la discoteca, la cual está integrada en el edificio y que hace la función de bar.

Pedimos nuestras consumiciones y yo no tardo en ponerme a menear mis caderas al son de la música que suena en ese momento. Clara y Claudia no tardan en juntarse conmigo y nos ponemos a bailar como deseamos.

Cadera para un lado, abertura que se abre. Claudia menea el trasero, nosotras animándola más. Mi lado rebelde hace que me ponga de espalda a Luis y comience a mover las caderas de manera insinuante. Segundos después tengo su paquete bien definido pegado a mi culo, quedando así constatado que está muy excitado.

—Rubia, si no quieres que te lleve a un sitio y te folle sin piedad será mejor que pares.

Miro a mi alrededor y veo que los otros dos han caído igual que él. Es entonces cuando decido terminar con este juego.

—¿Y quién te ha dicho que quiero que seas tú quien me empotre?

—Si no soy yo, nadie lo hará, al menos de aquí. Nadie se atreverá a levantarle la chica al jefe.

Doce razones

—¡Qué chiste más gracioso! —exclamo graciosa—. ¿Has dicho la chica del jefe?... No sé por qué piensas eso, pero te sacaré de tu error. ¡Yo no soy la chica de nadie!

Mis hermanas han hecho lo mismo que yo y dejándoles con cara de auténtica perplejidad nos vamos sin ningún remordimiento.

«Esto les servirá para darse cuenta de que con nosotras no se juega», zanjo en mi cabeza, en el Uber de vuelta a casa.

Doce razones

Capítulo 8

¿Jugamos?

El domingo, después de levantarme cerca de las doce, miro el móvil mientras me tomo mi café. Soy una de esas personas que necesita el café en mi vida varias veces en el día.

Dos mensajes de Luis tengo desde ayer. No los he abierto, solo por el simple hecho de que cuando lo haga la doble palomita se pondrá en azul. De verdad que odio a WhatsApp por ello.

Con el último sorbo decido abrirlo y me encuentro con un texto que dice.

Luis: Me lo merezco, pero espero que aun así me des una segunda oportunidad…

«Espera sentado», respondo en mi mente. Otro.

Luis: Que sepas que he tenido que masturbarme con la imagen tuya y ese vestido. Deseo quitártelo a jirones y descubrir que llevabas las prendas que te regalé.

«Pero qué presuntuoso es este tío de verdad…», expresa mi diablesa.

Pero lo cierto es que si era uno de ellos… No obstante, nunca voy a decírselo.

Cojo las cosas necesarias y nos vamos a la playa. Ese día lo vamos a pasar allí.

Claudia, Clara y yo no hablamos del tema en todo el día. Ese día, es solo de las chicas. Nos divertimos muchísimo, la verdad es que lo necesitamos las tres. Nos bañamos, tomamos el sol e incluso hablamos de los planes que tenemos.

El lunes comienzan las obras, el contratista divide la cuadrilla entre las dos. El tiempo estimado es de diez días en los cuales no podremos utilizar las estancias.

La cocina es algo que necesitamos mucho, pero al tener nevera y la cafetera, nos tendremos que organizar con la placa de inducción portátil que tenemos.

Clara al final se marcha esa tarde, pues tiene un problema con la devolución de la casa. Claudia y yo decidimos cocinar y comer juntas para no estar pasándonos la placa como si fueran tomates.

Estamos terminando de comer, en el momento en que mi móvil comienza a sonar.

En la pantalla aparece el nombre de Luis.

—Hola —respondo tras descolgar.

—¡Vaya!, me sorprende que me cojas el teléfono.

—Si quieres, te cuelgo —explico molesta.

—¡No! —grita para evitarlo—. Por favor, no —pide con calma.

—Después de lo que sucedió el sábado, ¿quieres hablar conmigo?

—Es obvio que sí. Pero la verdad es que quiero una explicación. Creo que fue muy macabro lo que hicisteis las tres.

—¿En serio? Pero tú te piensas que soy tonta o qué. Nos citasteis ahí, porque queríais que cayéramos en vuestras redes, sin embargo, lo único que conseguisteis fue un dolor de huevos.

—Eso es verdad. No te imaginas lo mucho que nos duelen aún —confiesa y no considero que sea cierto.

—No sería por falta de chicas —cuestiono mordaz.

—Pero ninguna era tú, a decir verdad —argumenta y decido cambiar de tema.

—Menos propaganda y dime para que me has llamado. —indico haciéndome la loca.

—Porque queremos veros —revela y yo dudo.

—¿Las tres? No se puede. Tendréis que esperar o desechar esa idea —opto por sacar balones fuera.

—Vale, entonces tú y yo. Los demás que se busquen la vida —rebate haciéndose el macho alfa.

—No me conviene mucho volver a verte. Mira que, a lo mejor, lo que quieres es vengarte —alego como si estuviera dudando.

—No soy como tú, no predomina esa mentalidad en mi estilo de vida —cuestiona devolviéndome la pelota.

—Ya. Bueno... La verdad es que me gustaría pensarlo —declaro, porque tengo que reflexionarlo con calma.

—Puedes negarte, por supuesto, pero ambos sabemos que al final aceptarás —dice muy orgulloso.

—Eres un presuntuoso. No sé cómo no me di cuenta antes —ataco enfadándome.

—Porque otras cualidades te dejaron impresionada —fanfarronea él di..., quiero decir Luis.

Doce razones

—Si vas por estos lares, ya te dije que me gusta conocer a más peces y que no quiero esa etiqueta en mi vida —zanjo molesta.

—Vale, vale… ¿Y qué tal ser amigos?

—¿Amigos? Nosotros no podemos ser amigos —expreso convencida.

—Tienes razón, ha sido una estupidez por mi parte, nosotros no podemos ser amigos, porque ambos nos deseamos. Queremos follar como conejos y eso no es lo que hacen los amigos.

—Luis…

—Dime, rubia. ¿Te has excitado? Dime si te estás tocando…

—No voy a decirte tal cosa. Te voy a dejar que vienen los operarios y esos sí que me excitan mucho. —Cuelgo la llamada y Claudia me mira con una sonrisa perversa.

—Hermana, a estos les gusta la marcha… —comenta antes de enseñarme su móvil.

Ella se encuentra hablando por WhatsApp con Christian. Los mensajes que leo son muy parecidos a la conversación que he mantenido con Luis.

—Juguemos —exclamamos las dos a la misma vez. Y nos reímos poco después.

A decir verdad, necesito una ducha de agua fría, puesto que el cabrón, aun por teléfono, consigue encenderme mucho.

El martes nos intercambiamos algunos mensajes. Él me dice que está esperando una contestación y yo le digo que puede tumbarse o irse a trabajar. En su respuesta, él se

Doce razones

encuentra riéndose y poco después me informa que el sábado hay una fiesta en la sala donde fuimos la primera vez.

No dudo en mandarle un audio, yo también, agradeciendo que nos lo haya dicho para tenerlo en cuenta.

Claudia no tarda en comentar que hemos de ir, puesto que seguro que irán ellos. Quedamos en decidir el vestuario el jueves por si tenemos que ir de compras.

—Habla por ti. Yo aún tengo vestidos con la etiqueta puesta. No pienso adquirir nada hasta el año que viene.

—Ok, ok... Pero al spa...

—El spa sí.

—Perfecto, hermana.

Claudia y yo quedamos así el martes por la noche. Estoy a punto de meterme en la cama cuando un mensaje me llega.

Luis: Preciosa, ¿ya me has perdonado?

Yo: No sé... eres un poco cansino.

Luis: Es que no quiero que te olvides de mí.

Yo: La verdad es que solo me acuerdo de ti cuando tu nombre sale.

Luis: Algo es algo... Y dime, ¿ya sabéis si vais a ir a la fiesta?

Yo: Buenas noches, romeo.

Luis: ¿¿Ya?? Espero que el orgasmo sea pensando en mí. Yo me corro cada noche contigo en mi cabeza.

No le contesto, para qué. Aunque sí me toco y por supuesto que alcanzo el orgasmo gracias a mi amigo Thor.

Doce razones

A la mañana siguiente, me llega un video de él, en la cama, sin camiseta e intuyo que solo llevaba el calzoncillo. Me pongo cardiaca solo de verlo. Por supuesto lo descargo y lo visiono, mientras estoy en mi cama.

El muy cabrón me deseaba un precioso día, me informa que va a estar en su casa hoy y que si quiero compañía solo debo coger un taxi y darle la siguiente dirección.

Muy lista yo, le notifico que ya tengo coche y que el GPS me puede llevar, pero que Google me ha informado, de que esa casa es muy visitada y no me la recomienda.

Le doy a enviar y decido irme a correr por la playa. Los operarios se encuentran en plena faena y la verdad es que me apetece correr un poco y luego darme un baño.

Vestida con un Trikini, un pantalón corto y una mochila, bajo a la playa. Al llegar me quito las sandalias y tras ponerla en la bolsa, comienzo a correr dirección Málaga. La carrera me hace bien. Gracias a mi reloj veo que llevo casi dos kilómetros por lo que doy la vuelta. Llevo un rato corriendo cuando me llega un mensaje.

Luis: He creído ver un culo conocido y me he empalmado como un adolescente…

Lo miro, y alzo la vista intentando divisar al espía. Nada. El sol me da de cara y no logro averiguar si aún está por aquí. En ese momento me llega una foto.

El sitio se me hace familiar… pero la verdad es que no caigo donde. Otro pitido indica que me ha llegado otro mensaje.

Luis: ¿Todavía no sabes dónde es? Una pista es en dirección contraria a donde estabas corriendo.

Doce razones

Deshago mis pasos más que nada porque tengo curiosidad de descubrir que está tramando. Unos minutos más tarde encuentro el lugar de la foto, pero ni rastro de la persona que me lo envía.

Estoy por llamarle, cuando unos brazos me rodean la cintura. Su miembro presiona mi trasero, mostrándome cuanto me desea.

—No sabía si vendrías, pero me alegro de tenerte así. —comenta antes de besarme en el cuello.

—La verdad es que me has pillado desprevenida.

—Espero que lo que vamos a hacer a continuación no te pille por sorpresa. Porque déjame decirte que estás muy apetecible y me apetece mucho comerte.

—¿Sí?

—Por supuesto.

—Pues que lastima, que ahora mismo no tenga tiempo. —informo antes de quitar sus manos y apartarme de él.

—¿De verdad? —cuestiona enfadado—. ¿Sabes que este juego es muy peligroso?

—¿Qué juego? —pregunto con cara de niña buena.

—Espero que el sábado vayas a la fiesta y no lleves acompañante. Porque de ser así, presenciaras una pelea digna de *pressing catch*.

—Pues la verdad es que aún no sé sí iremos, pero dime una cosa... ¿De verdad crees que si voy me quedaré contigo?

—No veo porque no, además iréis como nuestras parejas...

Abro los ojos y me sorprendo ante su declaración.

Doce razones

—Entonces...

—Entonces os esperamos a ti y tu amiga, el sábado a las diez en la puerta.

Acto seguido pasa a mi lado, aunque se para y sujetándome de la cintura me susurra al oído.

—Si quieres que los juegos entre nosotros continúen, espero que aparezcáis ambas.

«¡Qué somos sus parejas!», grita mi diabla enfurecida.

Camino hacia mi casa cabreada por qué ellos han jugado con ventaja, decido contarle todo a Claudia, pero en el momento en que la llamo una llamada de mi padre me entra. No puedo ignorarles para siempre, mejor en la calle, que me controlo mejor.

—Hola, papá. ¿Qué tal estás?

—Déjate de formalismos y dime donde te has ido a vivir.

—A la casa que me he comprado.

—Eso ya me lo imagino yo solo. Lo que quiero saber es donde.

—Fuera, en otra provincia. Necesito estar lejos de gente tóxica.

—Lejos de la gente tóxica, ¿acaso nosotros somos eso para ti?

—Efectivamente, por fin entiendes lo que te digo —sentencio—. Mira, no te voy a decir donde me he ido, eso no es relevante. En este tiempo me he dado cuenta de que hay personas en mi vida que no me convienen y vosotros estáis en esta lista.

Doce razones

—¡Cómo puedes decir algo semejante!

—Adiós, papá. Que tengas un hermoso día —comento antes de cortar la llamada.

«No hay mayor ciego, que el que no quiere ver», sentencio en mi mente, después de la conversación que acabo de mantener con él.

Doce razones

Doce razones

Capítulo 9
Preparadas para todo

Claudia pone el grito en el cielo, nada más le comento lo que me dijo Luis. Sin embargo, mi amiga tarda poco en trazar un plan con el fin de darle la vuelta a la tortilla.

La verdad que no sé cómo lo va a hacer, pero confío en ella. El vestido que elijo al final para esa noche es un poco más atrevido, sin embargo, me da lo mismo.

Decido estrenar uno de los pocos conjuntos que me quedan, cortesía de mi pareja de esta noche. Puesto que el vestido que llevo es de color plata, opto por ponerme el conjunto de color gris.

La verdad es que enseña más que tapa, al tener unas transparencias, además de mucho encaje. Claudia, al verme en ropa interior, alza el pulgar dando su aprobación. El conjunto de ella es de color rojo, puesto que va a juego con su vestido.

Al final, reutilizará un vestido que tiene desde hace años y que según ella aún no ha amortizado el dinero que le costó. Sé que es una excusa barata para no gastarse ni un euro en alguien que no lo merece.

Para ser sincera, creo que mi amiga está sacando las cosas de su sitio, o es que tal vez, el adonis de Christian le importa más de lo que quiere admitir. Vamos, que le pasa casi lo mismo que a mí con Luis.

Al ponernos los vestidos, nos miramos en el espejo y sonreímos complacidas ante la imagen que proyecta. Las dos estamos muy bellas y deseables, además esta noche pienso caer en la tentación si se da oportunidad.

«Un poco de sexo, del bueno, nunca hace mal»

El Uber llega a las nueve y media, tiempo suficiente para llegar a nuestro destino. Antes de salir de casa, Claudia y yo nos hemos tomado una copa de vino. La verdad es que la necesitábamos.

En el camino intercambiamos algunas palabras con Clara, desde hace unos días la notamos rara y aún no nos ha dicho nada. Al llegar, se lo decimos y ella desea que nos lo pasemos muy bien.

Al abrir la puerta del coche, con rapidez, aparecen los adonis. Vestidos con camisa blanca y pantalón negro, están para comerles, lamerles y sobre todo para saborearlos.

«Mmm. ¡Qué rico está!», exclamo en mi cabeza y al mismo tiempo me relamo por lo que va a pasar, al menos eso espero.

Ambos con una sonrisa radiante nos cogen de la cintura y nos dan sendos besos hasta llegar a nuestras bocas. Luis no tarda mucho en devorarme la boca con pasión. Al apartarse mira mis labios y sonrío contenta de haberme puesto ese pintalabios.

—Eres una chica muy lista —susurra cerca de mi oído—. Estoy deseando saber qué conjunto te has puesto.

—Eres un prepotente.

—Sabes que este prepotente, hoy te va a follar como si no hubiera un mañana, ¿verdad?

—Eso espero. Si no pensaría que lo de hace unas semanas solo fue un sueño —comunico con voz sensual, entretanto, acaricio su pecho.

Doce razones

Su mirada en ese momento se vuelve muy intensa. En ella destaca sobre todo un gran deseo. Para ser sincera, en ese momento, con todo lo acontecido, mi sexo ya se encuentra ansioso por ser atendido.

Otra vez accedemos por la otra puerta, donde un gorila de esos con pinganillo en la oreja, pero muy bien vestido, nos da la bienvenida con voz neutra y nos desea que lo pasemos muy bien.

Le damos las gracias, al pasar por su lado. Una vez en el interior, nuestras parejas nos llevan cogidas de la cintura. En esta ocasión, la sala de baile está más despejada, puesto que es más temprano.

Al llegar a una zona cercana a donde estuvimos la otra vez nos sentamos. Una camarera nos da la bienvenida y nos pregunta que vamos a tomar. Dos Cosmopolitan para nosotras, mientras que Luis tomará un gin-tonic y Christian opta por pedir un whisky con Coca-Cola.

Comenzamos a hablar como si el fin de semana pasado no hubiera pasado nada. Luis acaricia mi espalda de una forma que me relaja. Pese a que quiero estar atenta, sus caricias, logran desestabilizarme constantemente.

La camarera llega con nuestras bebidas y poco a poco comienza a llegar más gente. Algunos se ponen por delante de nosotros, otros por detrás. Luis me saca a bailar, igual que Christian a Claudia.

La tensión entre nosotros aumenta con cada baile, pero todo se desmadra al poner una canción que en ese momento está sonando por todo el mundo. Se trata de, *una lady como tú*, del cantante, Manuel Turizo.

Doce razones

Luis me pega a su cuerpo y bailamos al compás. Noto sus manos acariciando todo mi cuerpo igual que yo hago con él. En ese momento, quiero decirle que nos vayamos a donde él quiera, pero la canción acaba dejando paso a otra un poco más sensual.

Los dos bailamos muy compenetrados, con los ojos nos decimos lo que deseamos, pero ninguno lo dice en voz alta. No sé el tiempo que llevamos bailando, pero estoy sedienta, caliente y muy, pero que muy cachonda.

No dudo en hacérselo saber y cuando creo que me llevara al baño como la otra vez, me lleva hasta la mesa. Donde tras bebernos el contenido de los combinados, nos vamos. Mi cara de confusión hace que me diga al oído.

—Te tengo demasiadas ganas como para follarte una sola vez en un lavabo.

Esa confesión hace que mi centro se contraiga con fuerza. O he sido yo, la verdad es que no lo sé. Un taxi nos recoge en la puerta de la discoteca y es en ese momento cuando me doy cuenta de que no le he dicho nada a Claudia.

Saco el móvil y al entrar en la aplicación de mensajería veo que tengo dos mensajes. Uno es del contratista, el otro es de Claudia. Mi hermana me dice que se ha marchado con Christian y que mañana nos vemos.

Voy a guardar el móvil, cuando Luis me dice que no he abierto el otro mensaje. Me acerco a él, con el móvil aún desbloqueado y le pregunto si quiere saber que pone.

—Quiero.

Sonrío y se lo doy. El mensaje es muy de la línea de los otros que me ha mandado.

Doce razones

—¿Te has acostado con este tío?

—Por supuesto.

Mi respuesta no le gusta y me lo hace saber comiéndome la boca con dureza. Es una lucha de poderes lo que dura el beso. Nos separamos después de un rato y nos damos cuenta de que casi hemos llegado.

Poco después entramos en la casa de Luis. Nada más acceder me acorrala y me sube el vestido. Noto sus dedos tocando mi prenda, la cual, se encuentra encharcada.

—Estás muy necesitada, preciosa —susurra en mi oreja antes de morderme el lóbulo—. ¿O es que no te da suficiente ese amigo que te has buscado?

—Vamos, nene, ¿acaso estás celoso?

—No sabes cuánto.

—Demuéstramelo —declaro antes de que nos besemos con frenesí.

Mi vestido no tarda en caer al suelo, dejando ver la lencería que él me regaló.

—¡OMG! —exclama mirándome de arriba abajo. Aprovecho su momento de perplejidad para dar un paso adelante. Salgo del vestido y comienzo a abrir su camisa. Cada centímetro de piel que queda descubierto, lo acaricio con mis uñas.

Al tenerla ya abierta, se la quito sin mucha dilación y la arrojo donde está mi vestido. Luis desabrocha el cinturón y abre el pantalón. Su verga sobresale del calzoncillo y me aproximo a acariciarla. El pantalón cae al suelo casi al mismo tiempo que yo me pongo de rodillas. Bajo la prenda y sin dilación me la meto en la boca. Mi cavidad la acoge casi por completo y comienzo un vaivén ayudada por mis manos.

Luis no lo soporta mucho, pues se aparta y tras cogerme, me carga como un saco de patatas. Su pantalón le dificulta la travesía, sin embargo, consigue llegar hasta su dormitorio.

Al llegar me lanza sobre la cama y se quita los zapatos, junto con las prendas que aún tiene puestas. Hago el intento de quitarme una prenda, pero Luis niega con la cabeza al tiempo que me dice.

—Ese conjunto te lo voy a quitar yo.

—¿Y me lo vas a romper? —indico, poniéndome de rodillas con las piernas abiertas.

—Puede… —declara con tono misterioso.

Sube a la cama y se acerca a mí. Ambos nos besamos mientras que nos tocamos. Por mi parte le masturbo. Mientras que guio una mano a mi centro. Aparto la tela e introduzco su dedo en mi hendidura.

Me froto con frenesí y al mismo tiempo le masturbo. De nuestra boca sale todo tipo de gemidos. La verdad no sé el tiempo que llevamos así, hasta que Luis decide que es hora de despojarme de las prendas que me quedan.

Lo primero que hace es quitarme el sujetador. Mis pechos en cuento quedan al descubierto, se cubren uno por la boca, otro por su mano. Poco después me pide con gestos que me tumbe. Una vez que mi espalda está sobre el colchón, abre mis piernas y chupa mi centro encima de la tela, acto seguido, lo quita con lentitud.

Al quitarla por completo, Luis se relame al ver que he doblado las rodillas dejando mi centro a la vista. Noto como

Doce razones

la humedad crece al notar su mirada en esa zona. Sin que me dé tiempo a cerrarlas, asalta mi hendidura de arriba abajo.

Mis gemidos son como música celestial para mi amante, el cual, se emplea más a fondo para que alcance mi tan esperado orgasmo. No tardo mucho, pues llevaba tiempo conteniéndome. No he terminado de recuperarme, en el momento en que noto como me embiste de un empujón.

Él gime, yo suspiro. Él empuja, yo me retuerzo. Luis penetra mi canal sin descanso. Las embestidas hacen que me mueva de mi posición, por eso mi amante rueda por la cama y me deja encima de él. Le cabalgo con un frenesí desconocido para mí. La mirada que Luis me envía es de placer y algo más.

—¡OH! Sí, nena —gime poco después de que rote mi cadera. El movimiento hace que mi centro timbre, dando una descarga directa en su verga.

Cabalgo su falo y cuando me falta poco para alcanzar de nuevo el orgasmo me tumbo encima de él. En esta posición froto mi clítoris con cada movimiento. No me pasa desapercibido los gestos de placer que tiene Luis, ni la forma de mirarme.

«Solo es sexo», me repito en mi cabeza. No obstante, mi lado romántico está dando palmas de emoción.

Doce razones

Capítulo 10

Conversaciones.

Nada más alcanzamos el clímax me bajo de la cama. Luis todavía continúa con su post orgasmo y no se ha percatado de que estoy poniéndome el conjunto. Me encuentro subiéndome el tanga, en el momento, que escucho.

—¿Nena?, ¿te vas? —cuestiona confundido.

—Sí —respondo y antes de salir del dormitorio le digo—, no vuelvas a buscarme, lo siento, pero lo que tú quieres de mí, yo no te lo puedo dar.

—¿Por qué? —escucho a mi espalda.

No respondo porque en este momento tengo un nudo en la garganta, el cual, me impide hablar.

—Cecilia, dime por qué —insiste nervioso—. Creo que me lo merezco.

—Lo único que te merecías es lo que acabas de recibir, tenerme por última vez. Te lo pido por favor. Entiendo que, para ti, esto es complicado. Pero no me busques y sobre todo olvídame. Es lo mejor que puedes hacer —sentencio sintiendo una opresión en el pecho.

Salgo de esa hermosa casa y camino sin tener muy claro hacia donde dirigirme. Lo único bueno es que no tengo rastro de alcohol en mi organismo, por lo que estoy bastante lucida.

Llego al puesto de control y al guardia de seguridad le pido que me llame un taxi. Minutos después estoy subida a uno. De camino a mi casa, reflexiono en lo sucedido, hace un rato.

Doce razones

Estoy convencida de que es lo mejor. Él está albergando sentimientos hacia mí y eso no es lo que quiero en mi vida. Acabo de salir de un matrimonio en el que todo ha sido una mentira, al menos para la otra parte.

«No es lo que deseo, no es lo que quiero», repito en mi mente como un mantra.

Llego a casa y me quito el vestido al igual que el conjunto. Lo dejo en la entrada del baño y me meto en la ducha. El agua fría es bien recibida por mi cuerpo y mientras me aplico el champú y el gel dejo la mente en blanco.

Tras vestirme con un camisón y un culote me tumbo en la cama para descansar unas horas. Un mensaje me llega cuando estoy casi dormida, sin embargo, no lo miro.

A la mañana siguiente, mientras bailo al ritmo de Sebastián Yatra y David Bisbal y su tema de, A partir de hoy. Muevo las caderas al tiempo que desayuno y en cuanto voy a ir a mi habitación suena el timbre.

Imagino que se trata de Claudia, pero me equivoco al ver a Ismael, el contratista, al otro lado de la puerta.

—Hola Ismael, no te esperaba.

—Ya lo siento. Es que no me respondiste al mensaje y pensé…

—Mira lo siento por ser tan tajante. Creo que es mejor de que dejemos este tonteo. Yo no quiero nada serio y la verdad es que ahora mismo no busco nada serio ni frecuente. Es mejor que no vuelvas a buscarme, por favor.

—Vaya… Gracias por tu sinceridad. Eres una buena mujer. Espero que encuentres lo que buscas en tu vida.

Doce razones

El contratista se marcha y yo voy a la habitación. Me pongo un pantalón corto y una camiseta de tirantes. Necesito aire, por eso me voy a dar una vuelta. Hay un pueblo cercano que no he visitado y tengo ganas.

Aún no he decidido donde voy a abrir la pastelería y tengo que informarme de todos los trámites que debo hacer antes. Cojo mi precioso coche y tras encender el motor salgo con dirección a Torre del Mar.

Paseo por sus calles, hago fotos, selfis, pero sobre todo dejo la mente en blanco, para disfrutar de las cosas simples de la vida.

He paseado por el pueblo hasta que mi estómago ha decidido protestar por la falta de alimento. Me dirijo hacia el paseo marítimo, donde espero encontrar un restaurante para comer.

Tras andar varios metros, encuentro uno. Pido una ensalada y un pescado. Para beber, una botella de agua y al acabar no puedo resistirme pedir un mousse de chocolate.

Después de pagar la cuenta, doy una vuelta por el paseo marítimo. Estoy sentada para hacerme una foto y en ese momento me entra una llamada de Clara.

—Hola, bombón —comento al descolgar.

—Ceci, ¿vas a venir muy tarde a casa? —pregunta y creo que está llorando.

—¿Estás aquí? ¿Qué ha pasado? —pregunto levantándome.

—Te lo cuento cuando llegues.

—En media horas estoy —indico caminando hacia el coche.

Doce razones

Acciono el mando a distancia y al montarme salgo hacia la urbanización. La música del USB suena, pero la verdad es que no la escucho. Algo le ha sucedido a mi hermana y conociéndola, será muy grave porque, si no, no hubiera abandonado todo así de ese modo.

Llego a casa y meto el coche en el garaje antes de ir a la casa de mis hermanas. La puerta me la abre Claudia sin necesidad de llamar. Entro y voy al salón donde supongo que se encuentra Clara.

—¿Dónde…?

—Está en su habitación, ha subido para darse una ducha. No creo que tarde.

Me siento en el sofá y solo tengo que esperar junto con Claudia unos minutos. Mi hermana aparece solo cinco minutos después con el pelo mojado, luciendo un vestido verde.

Nos damos un abrazo y se sienta a mi lado antes de comenzar a hablar.

—Verás Ceci, cuando me fui os mentí. Lo siento, sé que tenía que haberos contado lo que sucedía y no lo hice.

—No pasa nada, Clarita. Pero dime de una vez, ¿por qué lo hiciste?, ¿en qué nos mentiste?

—Pues porque pensaba que lo iba a poder solucionar y cuando las aguas se hubieran calmado os lo contaría.

—Pero no te entiendo, nosotras siempre nos hemos apoyado juntas. Cuando Claudia nos necesitó ahí estuvimos. Cuando mi vida se descubrió que era una gran mentira, vosotras no me abandonasteis. ¿A ver dime por qué no nos has dejado estar contigo?

Doce razones

—¡Estaba asustada! De hecho, aún estoy acojonada. No puedo seguir con mi estilo de vida, no puedo seguir con mi trabajo.

—¿Por qué? —susurro más para mí que para ella.

—Porque estoy embarazada. Voy a tener un bebé.

—¿Qué? —pregunto alucinando.

—Me quedé embarazada. Me di cuenta tarde y os mentí cuando tomé la decisión de abortar. Pero ya no puedo, pues he pasado el límite.

Estoy alucinando. No, estoy flipando como si me hubiera tomado un tripi o algo parecido.

—¿Quién es el padre? —pregunto, puesto que pienso hacerle una visita para que se ocupe de ese bebé.

—No lo sé. No sé en qué momento fue.

—Y el trabajo porque no puedes continuar.

—Porque no quieren una embarazada en la campaña, si hubieras visto como me han mirado al verme en ropa interior. Me han dicho que he descuidado mi peso y yo le he dicho que es porque tengo una vida en mi interior creciendo. Una hora después he recibido la llamada de mi agente diciéndome, que han cancelado todos mis contratos y que lo lamenta mucho, pero que él no representa embarazadas, porque no compensa.

Mi cara es de perplejidad total. Abrazo a mi hermana y le digo que no se preocupe. Qué ella no está sola y que tiene a dos hermanas que actuaran de tías. Claudia se une a nosotras y es cuando me acuerdo de que ella bebió alcohol el fin de semana pasado.

Doce razones

—A partir de ahora, nada de alcohol, tienes que cuidarte para que ese bebé nazca perfectamente.

—Ceci, tengo miedo.

—No tienes por qué. Nosotras estaremos contigo. Apoyándote. Entonces, ¿cuándo nacerá nuestro sobrino?

—En enero, sí todo va bien...

—Pues claro que sí, ya lo verás.

Nos abrazamos una vez más y al separarnos comenzamos a reír. Poco después nos vamos a la playa a tomar el sol. Estamos secándonos al sol, Claudia y yo, cuando me pregunta por Luis.

—No me preguntes.

—Pero... ¿Pasó algo?

—Sí, pero como no es lo que estoy buscando se lo dije antes de que le rompa el corazón. Estaba comenzando a albergar sentimientos hacia mí y el contratista, Ismael, también. Esta mañana vino a buscarme y fui lo más clara que pude. ¿Por qué ahora todos los tíos quieren algo más que un simple polvo?

—Porque eres una persona maravillosa y te quieren en su vida.

—Pero yo no deseo eso ahora mismo. ¿Es tan difícil de entender?

—¿Luis te lo dijo con esas palabras?

—No, pero si vieras con los ojos que me miraba. Y cuando se descargó... ¡Hay Dios mío! La he cagado. ¡Oh! No puede ser.

Doce razones

—¿Qué te sucede?

—Que no se puso condón. Eso pasa.

—Bueno… No creo que te quedes, pero por si acaso, puedes comprar la pastilla del día después.

—¿Para qué quieres esa pastilla? —cuestiona Clara y le cuento lo que pasa.

—Yo no me la tomaría. Sí ya ha fecundado el óvulo no servirá de nada.

—¿En serio? ¿Qué probabilidades hay de que me quede embarazada a la primera?

—Muy pocas —responden mis dos hermanas a la vez.

«Vamos a hacerlas caso», manifiesta mi mente y yo quiero confiar…

Ceno con ellas y luego me voy a la mía. La verdad es que no he mirado en toda la tarde el móvil, por eso al meterme en la cama lo miro.

Tengo dos mensajes de Luis, un audio de mi madre y varias llamadas de ella. Decido ignorar todos hasta el día siguiente y me dispongo a dormir.

El lunes por la mañana me explican que el miércoles como mucho estará todo terminado. Eso me alegra, pues estoy hasta el moño de las obras. Decido acercarme a las protectoras de animales que apunté.

Antes de coger el coche, voy a la casa de mis hermanas. Y para variar las encuentro discutiendo.

—Pero tú te crees que Clara quiere comprarse otra casa. Dice que aquí me va a estorbar.

Doce razones

—¿Por qué dices eso? —pregunto mirándola.

—Porque es verdad, Esta convivencia era buena porque yo estoy… estaba viajando mucho, pero ahora no. De hecho, ahora estoy sin trabajo y encima embarazada.

—Clara, no hables así. No considero que eso sea razón para que te mudes. Además, no pienso que sea muy conveniente de que te vayas y te gastes un buen pellizco de tus ahorros.

—Eso mismo le estaba yo diciendo. Además, necesitará mucha ayuda y lo mejor es estar todas cerca.

—Venga, vamos a dejar este tema. Clara arréglate, que nos vamos de visita y después te invito a comer.

—¿En serio?, solo a ella —cuestiona Claudia, pero al mirarme me guiña un ojo.

—Sí. Tú tienes trabajo y nosotras una mañana muy ocupada —anuncio y por la forma que me mira, sé que está conforme.

Clara y yo salimos media hora después dirección a la primera protectora.

Pasamos toda la mañana de un sitio a otro y al llegar la hora de comer invito a Clara a un sitio que le hará muy feliz, aunque no todo puede comer, puesto que se trata de un chino.

Pedimos unos tallarines con gambas, pollo con verduras para compartir. Claudia siempre dice que soy experta en dar la vuelta a los problemas y eso es lo que tengo que hacer con mi hermana en este momento.

Al salir le digo que no pasa nada, que los cambios pueden dar miedo, las noticias inesperadas nos alteran, pero que son parte de nuestro día a día. Ella sonríe triste, no obstante, me da la razón.

Doce razones

Al regresar a la casa son casi las seis de la tarde y solamente nos ponemos a tomar un refresco en la terraza, mientras nos contamos todas las novedades.

Doce razones

Capítulo 11

Una gata en casa

Las obras por fin han terminado y tanto la cocina como el salón han quedado muy bien. La verdad es que Ismael tenía razón en que no era necesario quitar ese tabique.

Claudia y Clara se unen a mí para celebrar que por fin todo está terminado. Preparo un quiché de verduras, junto con unas doradas al horno. De postre brownie con helado de vainilla.

La comida la disfrutamos en la terraza, donde se hallan dos estancias. Cerca de la puerta, tengo una mesa para seis comensales. Y al otro lado dispongo de una zona para tomar el sol, además es la zona más próxima a la piscina, la cual, ya se encuentra llena.

Nada más comer nos lanzamos a la piscina y disfrutamos bañándonos. Las tres nos abrazamos varias veces y es que, pese a que no somos hermanas de sangre, sí lo somos de corazón.

Tras un buen remojón, me tumbo en la hamaca para tomar el sol. No tardan ellas en unirse a mí. Unos minutos después escucho como suena el teléfono de Claudia. Ella se levanta refunfuñando y en cuanto la miro, me percato que su cara ha cambiado.

Escribe en su móvil y se queda esperando lo que me imagino que es la contestación, la cual, no tarda en llegar. Cierro los ojos y poco después vuelve a tumbarse. Cerca de las siete se marchan las dos y yo me voy a darme una ducha.

Doce razones

Me encuentro embadurnando mi cuerpo en crema corporal, en el momento que llaman a mi móvil.

Maldigo unas veinte veces al que está llamándome. El nombre de mamá se refleja en la pantalla y decido hablar con ella para descargar mi frustración.

—Hola mamá, ¿qué te pasa?

—Tú piensas que esa es una contestación digna para mí. —Su voz indica que está molesta.

—Eres tú la has llamado, ¿no esperarás que te conteste con una sonrisa en la cara? —expongo en el mismo tono.

—Cecilia Contreras. ¿Dónde está tu educación? —cuestiona y yo sonrío feliz.

«A lo mejor, si la hago entender que ya no soy la que era, consigo que me dejen en paz», reflexiono en mi cabeza.

—Pues no sé, ¿a lo mejor se me calló cuando me enteré de mi familia me ha estado manipulando desde tiempos inmemorables?

—Eres una exagerada. Siempre te ha gustado ser un poco teatrera. Bueno… ¿Dónde vives ahora? Tenemos que hablar contigo.

—Para eso lo puedes hacer por teléfono.

—No, queremos verte y mantener una conversación en persona.

Me rio sin disimulo y escucho como mi progenitora protesta con un gruñido.

—Creo que no has entendido que ahora no mandáis en mi vida. Puede que en el pasado sucediera, pero ya no va a ocurrir nunca más.

Doce razones

—Cecilia, de verdad que estoy seriamente preocupada, tú no eres así.

—Yo si soy así, lo que sucede es que con vosotros me he comportado como si fuera una muñeca, ¿pero sabes qué? Eso no volverá a ocurrir y si no te gusta como soy, no me llames. Es muy sencillo.

—Pero... ¿Vas a darle la espalda a tu familia?

—Sí es a costa de perder voz y voto en mi vida, ¡sí! Y lo haré todas las veces que haga falta.

—Nosotros solo hemos hecho las cosas por tu bien. No puedes culparnos por velar tu bienestar.

—¿En serio? Me metisteis a Mateo por los ojos. Lo pintasteis como el mejor partido para casarme. ¿Tienes idea de cómo me sentí, cuando me di cuenta de que habéis manipulado mi vida a vuestro antojo?

—Pamplinas. Eso es lo que piensas, pero no tardarás mucho en darte cuenta de cuan equivocada estás.

—¿Tú crees? Porque a mí me parece que no —respondo y me siento orgullosa por no titubear.

—Te voy a dejar que te relajes y en unos días te vuelvo a llamar. Espero que cuando eso pase, tengas claro que a la familia no se la da la espalda. Eso es de ser desagradecida, y tú nunca lo has sido —manifiesta perdiendo los papeles.

—¡Dime de una vez que es lo que quieres y sal de mi vida! —grito exasperada.

—Nos tienes que dar la mitad de lo que has recibido de herencia de tu abuela —expone con voz neutral y yo me quedo sin palabras.

Doce razones

—¿Y yo porque voy a hacer tal cosa?, ella me lo dejó a mí —cuestiono alucinando.

—Pues porque somos tu familia y lo necesitamos —declara como si tuviera la razón.

—Buscaros la vida, no pienso hacer tal cosa. Buenas noches, madre. La próxima vez no se moleste en llamarme para eso —proclamo antes de colgar y sin darle tiempo a responder.

Sin reflexionar mucho, tiro el móvil encima de la cama con fuerza, haciendo que rebote y termine en el suelo. Lástima de que no se rompe la pantalla y para quedarme unos días incomunicada.

Por la mañana decido ir a por la gata de la que me enamoré nada más verla. Es una cachorra de color negro, tiene una mancha en la tripa de color blanca. Según dicen sus cuidadores, es muy buena, además de juguetona y dócil.

Tras desayunar y ducharme me marcho. Les he enviado un mensaje a las chicas con mis intenciones. Su respuesta ha sido un montón de emoticonos.

Por supuesto, he sido previsora y con anterioridad he comprado lo que va a necesitar Mia. Así es como se llama y la verdad es que me encanta. La comida, los comederos, la cama de dormir, el arenero, y por supuesto el transportín.

Llego a la protectora donde se encuentra mi compañera y tras firmar los documentos, me llevo a mi mascota a casa. Nada más llegar a nuestro hogar, la suelto y ella se pone a olisquear todo lo que encuentra a su paso.

Claudia y Clara poco después llegan para conocer a la nueva integrante de la familia. No tardo en ponerme a

Doce razones

cocinar, mientras Mia recorre la casa. Su cama al parecer le ha gustado mucho y los juguetes que le compré.

Como siempre las chicas se acoplan a mí para comer, aunque en esta ocasión si deciden ayudarme. Cada una se encarga de una tarea para terminar antes. Nos encontramos comiendo, en el momento en que decido contarles la conversación que tuve el día anterior con mi progenitora.

Ambas no tardan en comenzar a maldecir a ella y a mi padre.

—Hiciste muy bien, mandándola a la mierda. Esa mujer es la persona más snob que he conocido —expresa encolerizada Claudia.

—Lo mismo digo. Además de que me caen como el culo, aunque eso es mutuo —añade Clara.

—Pues yo tengo claro lo que quiero en mi vida y lo que no. Y dejar que ellos me sigan manipulando y chantajeando, va a ser que no volverá a ocurrir.

—Tu abuela hizo muy bien las cosas, aunque menos mal que tú te enteraste antes, porque estoy segura de que se hubieran inventado la historia más surrealista con tal de convencerte de que les ayudes.

—Pues sí, yo también estoy segura de ello.

Recogemos todo y ellas se marchan, pues Clara tiene un poco de sueño y Claudia tiene que preparar una conferencia que tiene en unos días. Ambas se irán unos días fuera, pues tienen compromisos que cumplir.

Nada más marcharse me tumbo en la tumbona y me pongo con el ordenador a investigar. Tengo que mirar lo que necesito para abrir mi negocio. Avanzo en el proyecto de negocio que deseo que se haga realidad.

Mi pensamiento no es de abrir una panadería - pastelería, sino, una tienda de repostería donde puedas obtener todo lo necesario. Los dulces, la decoración y puedas elegirlo a tu gusto.

Pasteles, tartas, dulces como galletas de todos los tipos y formas, *Cupcakes*, brownies y mucho más. Además de que todo es personalizado. En un principio será solo para la zona y poco a poco podré ampliarlo.

Toda la tarde la empleo en ello y en cuanto mi estómago comienza a protestar, decido hacerme una ensalada cesar con el pollo que me ha sobrado. La salsa la preparo yo, pues tiene menos calorías.

Con la mahonesa preparada, añado un poco de jugo de limón recién exprimido y lo añado a la ensalada de lechuga, tomate, los filetes de pollo a la plancha recién hechos. Mientras degusto la deliciosa ensalada que he preparado, continuo con mis investigaciones.

La noche cae y como no tengo sueño se me ocurre ver alguna serie. Hace mucho que televisaron la segunda temporada de la reina del sur, es una serie que me encanta y según he visto falta poco para que se estrene la tercera temporada.

Teresa Mendoza es una mujer fuerte, poderosa, intimidante, conocida por ser la reina del narcotráfico. Cualidades que deseo para mi nueva yo, aunque no por el narcotráfico, sino por mis cualidades culinarias.

Activo Netflix en mi televisor y busco una de mis series favoritas, puesto que tengo muchas más. Visualizo los dos

Doce razones

primeros capítulos antes de irme a dormir. Al acostarme, reflexiono que diría Teresa de mi familia. Estoy segura de que diría una de sus famosas frases como, "es preferible que te respeten a que te quieran"

A la mañana siguiente, mientras desayuno, intento en vano organizarme y digo en vano, porque mis hermanas aparecen desbaratando todos mis planes.

—Tenemos que ir, es superimportante —comenta Claudia.

—¿Pero de verdad tenemos que ir hoy de compras? —pregunto alucinada.

—Sí —exclaman al unísono.

—¿Y por qué tengo que ir yo también? —cuestiono intrigada, pues no siempre vamos juntas.

—Pues... —empieza a decir Claudia hasta que la interrumpe Clara—. Porque te lo pido yo, ¿te parece suficiente motivo?

Las miro escéptica, porque presiento que hay algo raro. Las miro y se me ocurre una idea.

—Mirar, vamos a hacer una cosa. Vosotras no estáis vestidas, así que me voy a adelantar y cuando lleguéis a la ciudad me avisáis.

Las dos me observan y después se miran entre sí. Asienten acto seguido, aceptan antes de irse. Yo salgo en cuanto cojo el bolso y el móvil. En mi coche dirección a Málaga.

Doce razones

Capítulo 12

Hay sorpresas agradables y otras no tanto...

Al llegar a esta maravillosa ciudad introduzco el coche en un aparcamiento próximo al centro y voy caminando. Tengo localizadas dos gestorías de las cuatro que quiero preguntar. La primera está antes de entrar en la calle Larios, la calle peatonal donde reinan un montón de tiendas.

Al llegar indico lo que preciso y tras pedirme que tome asiento, un chico de unos treinta años se sienta al otro lado de la mesa. Noto como me mira con curiosidad y tras exponer lo que necesito, comienza a informarme.

La cuota de autónomos, lo que precisaría para iniciar la actividad comercial, las diferentes aportaciones a la seguridad social. También me pregunta si ya tengo el local, pues necesito una licencia y varios papeles.

Me aseguran que de todo se encargan y que incluso podrían actuar de gestora para las declaraciones trimestrales. Cuando me dicen el precio, la verdad es que no me parece caro, y me han transmitido seguridad y confianza. Sin duda, tiene muchas papeletas para ser la elegida.

La segunda me cuesta un poco encontrarla y la verdad en cuanto salgo, pienso que bien me hubiera ahorrado el tiempo que he estado esperando, pues no me han dado buena espina.

Estoy trajinando con el *Google Maps*, en el momento que me entra un WhatsApp de nuestro grupo. Están en una cafetería cerca de donde me encuentro. Por eso decido dejarlo por ahora.

Al llegar me siento y le digo a la chica que me ponga un refresco y un pincho de tortilla, que es lo mismo que tienen ellas.

—Hoy no comemos, ¿no?

—Pues nunca se sabe, ¡eh! —responde con picardía Claudia—. Veníamos hacia aquí, cuando hemos visto unos chicos que estaban para mojar pan, o lo que se tercie.

—Clau, tú siempre con lo mismo, cualquiera diría que estás necesitada... —dictamino riéndome.

—De una salchicha, larga, gruesa, Mmm... —exclama relamiéndose los labios.

—Pues ya que lo dices, mis hormonas también están en ese punto —añade Clara abanicándose.

—¡Chicas...! —manifiesto riéndome.

—¡Qué! —vociferan las dos a la vez, haciendo que la gente de alrededor nos observe.

Nos reímos, hasta que oímos unas voces familiares.

—Mirar qué preciosas chicas nos hemos encontrado —escucho y tengo que mirar para cerciorarme de que se trata de Andy.

Clara se ruboriza, mientras que Claudia y yo permanecemos impasibles. En mi interior quiero que se marchen, pero mi lado perverso, desea que se quede y de paso llevármelo otra vez al catre.

«Quien me entienda, que me lo explique porque comprarme como que no...», expongo en mi mente.

Doce razones

Miro con disimulo y me doy cuenta de que Luis me contempla cauteloso, Christian se afana por llamar la atención de Claudia sin dar el paso y Andy se encuentra hablando con Clara, la cual se ha puesto de pie.

Los tres van vestidos muy parecidos, pero en mi mente solo hay pensamientos pecaminosos para Luis.

«Es que está muy bueno», intento justificarme.

«Si claro bonita, y los cerdos cantan nanas», responde mi diablesa.

Luis por fin decide hablar.

—Chicas, estáis muy guapas... Como siempre.

—Muchas gracias —respondo y antes de reflexionar la diablesa que llevo en mi interior, añade—. Vosotros siempre estáis para mojar pan.

Luis sonríe produciendo que mis bragas se humedezcan. Christian, decide atacar a su presa, aunque para ello tenga que ponerse de cuclillas cerca de su asiento.

—Claudia, ¿tú también lo piensas?

—Eres un chulo por preguntarme esto, bien sabes que yo te chuparía entero como si fueras un helado.

—¿De verdad? Pues ya se me ha olvidado.

—Será, porque cada día estás con una diferente. —Sentencia mordaz mi amiga.

Sonrío en mi interior, y miro a Luis, el cual sigue observándome, no obstante, su mirada ha cambiado.

Doce razones

Escucho como Clara le dice a Andy que ha dejado su trabajo, no le pregunta por qué, en su lugar le propone quedar el viernes.

—No sé si estaré de regreso, tengo que salir de viaje.

—Bueno, si llegas me avisas. ¿Me das tu número y te hago una perdida?

Clara no duda en dárselo y Luis aprovecha para acercarse a mí.

—¿Podemos vernos nosotros también? —susurra cerca de mi oreja.

—No creo que sea una buena idea.

—Te voy a hacer una pregunta, pero no me respondas ahora. ¿Tan malo seria que nos acostáramos juntos, aunque tú no quieras nada conmigo? ¿Por qué privarme de tenerte, aunque solo sea de esa forma? Tú también disfrutas mucho, ¿por qué renuncias a algo que tienes tan claro?

—¿Estás seguro de que para ti es suficiente? De que dentro de un tiempo no me vas a pedir más.

—Tan seguro como que estoy hablando ahora mismo contigo.

Le miro y solo veo que está convencido de ello.

«Espero no arrepentirme de esto», murmuro antes de darle mi dirección.

—Vale. Urbanización El Candado, chalet veinte.

Luis sonríe y al acercarse a mi oído pronuncia con voz sexy.

—Espérame a las nueve. Llevaré la cena, la cual voy a comer de tu cuerpo, así que no te vistas, no lo necesitarás…

Doce razones

Poco después los chicos se despiden y nosotras podemos respirar mejor. El encuentro con los chicos a todas nos ha puesto los coloretes y creo que al llegar a casa nos tendremos que dar una ducha fría.

Tras comernos nuestros pedidos, nos vamos de compras, donde al final caemos todas bajo el embrujo de las rebajas. Vestidos, lencería, minifaldas, camisetas, bikinis y muchas cosas más caen en las bolsas que portamos.

La que más se ha comprado ha sido Clara, la cual se ha despedido de sus shorts hasta el año que viene. En su lugar se ha declarado una fan acérrima de los vestidos. Al menos hasta que entre el frío.

En cuanto llego a casa, veo que son las cinco de la tarde, Luis dijo que viene a las nueve, eso me da tiempo para darme un chapuzón en mi piscina.

Me quito la ropa y me lanzo a la piscina sin dudar. Mi pelo recogido en una coleta, lo libero y tras peinármelo un poco me hago un moño en lo alto. Mi móvil suena haciendo que salga de la piscina y al ver el nombre en la pantalla lo maldigo unas quinientas veces.

—Buenas tardes.

—Hola hija. Veo que conmigo si tienes modales, me alegro. Dame la dirección que mañana saldremos para allá.

—He dicho buenas tardes, eso se le dice a cualquiera. Referente a mi nuevo domicilio, no se lo pienso decir a ningún aprovechado.

—Cecilia, si no quieres que vaya a la policía y consiga tu dirección por otros métodos, me lo dirás.

Doce razones

—¿En serio?, ¿ahora me amenazas? ¿Cómo puedes caer tan bajo? Se supone que eres mi padre.

—Por eso mismo debes ayudarnos. Debería darte vergüenza, no ayudar a tu familia.

—¿A mí? Creo que tendría que ser, al contrario. Vosotros durante años me han manipulado para que hiciera lo que a ustedes les convenía. Cuando descubrí todo el pastel, resulta que la contestación que me dieron es que era por mi bien. ¿Acaso tengo cinco años? ¿Acaso soy lerda y no me he dado cuenta? Se lo dije a Mateo y se lo digo a usted padre. Soy rubia, pero no soy gilipollas.

—¿No vas a entrar en razón? Perfecto, lo tendré que hacer por las malas —sentencia antes de colgar la llamada.

La furia corre por mis venas y en ese momento quiero rugir, desnuda, entro en mi casa, voy a mi habitación y agarro un cojín. Tras ponerlo sobre mi cara, grito con fuerza. Pronto me doy cuenta de que no es suficiente, en este momento necesito algo más fuerte. Visualizo la libreta y sin meditarlo cojo el cuaderno y busco la página que me interesa hasta que doy con ella. En el encabezado pone:

Doce propósitos.

1) ~~Divorciarme~~
2) ~~Cortar todos los lazos con personas tóxicas~~.
3) ~~Adoptar un gato~~
4) ~~Mudarme a una ciudad con playa~~
5) ~~Comprarme un coche~~
6) Correrme una buena juerga.
7) ~~Acostarme con un desconocido~~.
8) Hacer un crucero por el mediterráneo.
9) Ser más fuerte y más segura de mis capacidades.
10) Montar mi negocio.

Doce razones

11) Practicar una o varias veces deportes de riesgo.
12) Ser madre soltera.

Ahí está anotado en el número once lo que en ese momento necesito. Si no fuera porque vendrá Luis, en este momento me iría, pero me prometo a mí misma que mañana mismo iré a soltar toda la adrenalina que quede en mi organismo.

Con la libreta en mi mano, cubro mi cuerpo con una toalla y salgo de mi habitación antes de haber cogido el portátil. Al llegar a la terraza, lo abro y en el buscador pongo: Parapente Málaga.

El primero que me sale es una página llamada *"yumping"*. Sin reflexionar veo que, en Ronda, una localidad cercana a Málaga, se practica. Algo de eso es lo que necesito, para sacar la frustración que se halla en mi interior. Maldigo a mis progenitores, mil o cinco mil veces, hasta que mi teléfono móvil suena avisándome de una llamada.

El nombre de Luis sale en la pantalla del móvil.

—Hola Cecilia, lamento tener que anular nuestra cita. Tengo un familiar ingresado y tengo que ir.

—No te preocupes, lo entiendo. Espero que no sea nada grave.

—Yo también... Te avisaré para quedar otro día, ¿vale?

—De acuerdo, adiós.

Me recuesto en mi asiento y pienso durante un rato. Un poco después me quito la toalla y vuelvo a zambullirme en la piscina. Realizo unos cuantos largos y al notar como el cansancio de mi cuerpo se apodera de mí, decido salir.

De la piscina, voy directamente a la ducha. Y al salir, decido hacerme una pizza casera para cenar. Atún, tomate, pimiento, una pizca de orégano y un poco de queso, son los ingredientes que pongo en la masa después de extender tomate frito.

Veinte minutos más tarde estoy disfrutándola, mientras que al mismo tiempo continúo viendo la reina del sur. Cerca de las once me marcho a la cama, antes de ponerme la alarma a las ocho.

«Mañana iré a hacer paracaidismo», me prometo a mí misma. Además, podré gritar y sacar toda la frustración que habita en mí.

Son las ocho y media, en el momento en que una llamada de Claudia me sobresalta.

—¿Qué tripa se te ha roto tan pronto? —pregunto al descolgar.

—¿Estás despierta? No he ido porque pensaba que aún estarías en la cama… Ahora voy y te cuento lo que he descubierto.

Cuelga sin darme oportunidad. Cinco minutos después la puerta se abre y entran las dos.

—Cecilia, hemos descubierto una cosa de Luis. Por cierto, ¿ayer vino?

—No, ¿qué sucede?

—Mira.

Claudia me tiende su móvil y el enunciado me deja atontada.

"Patricia Mota, la mujer de Luis Mota despierta del coma después de cinco años sumida en la oscuridad"

Doce razones

Por supuesto, después del enunciado se halla una foto de la pareja, la cual, hace que me maree debido a la impresión.

—Eso mismo me ha pasado a mí —comenta Clara.

—¿Por qué?

—No lo sé, hermana. Pero algo me dice que él no esperaba que eso se produjera.

—Da lo mismo, él sabe que yo me he divorciado. ¿Por qué no dijo que estaba en esta situación? ¿Por qué no me informó de que estaba casado, aunque su mujer estuviera en coma? —pregunto y ellas me miran sin saber qué contestar.

Sin reflexionarlo, cojo el teléfono y le llamo. El contestador me dice que no está disponible, pero eso no me impide que le diga todo lo que pienso de él.

—Eres un ser despreciable, ¿cómo has podido engañarme? ¡Estás casado! Eres un sinvergüenza y no quiero volver a verte. Borra mi número y olvídate de mí. Si deseas ser infiel a tu mujer, hazlo con otra, conmigo ya no más.

Cuelgo y acto seguido le cuento los planes a mis hermanas. Clara dice que ella no, pero Claudia me dice que ella si lo hace conmigo. Casi una hora después vamos en mi coche dirección a Ronda.

El GPS me indica que el trayecto nos llevará una hora y media. Al llegar preguntamos hasta dar con el sitio en cuestión. La verdad es que el pueblo se ve muy hermoso y les propongo a las chicas que pasemos el día aquí.

En ese momento suena mi teléfono y maldigo cuando veo que se trata de Luis. Cuelgo y bloqueo su número además del WhatsApp. No quiero gente así en mi vida, cuanto antes salga de mi vida mucho mejor.

Doce razones

Media hora después estamos preparadas Claudia y yo para lanzarnos en parapente. Hemos pedido el servicio ampliado, el cual, dura una hora, aunque podríamos haber cogido el de tres horas.

«Otro día vengo yo sola y lo hago», asumo en mi mente.

Capítulo 13

Un adiós y una buena noticia

La experiencia ha sido la caña. Claudia y yo hemos expulsado todo y lo mejor es que ahora me siento mucho mejor. Estoy sacando lo mejor de mí y además lo estoy expresando. Eso es lo que tengo que hacer de ahora en adelante y no pienso dejar de llevarlo a cabo.

Por mi cabeza pasaron un montón de ideas. Desde teñirme el pelo de pelirroja hasta desaparecer del país, cambiando de número, de imagen, pero pronto me di cuenta de que eso no iba conmigo, pues yo no tengo por qué huir, son ellos los que no tienen que estar en mi vida.

«La gente que no le importas, sobra en tu historia», recuerdo las palabras de mi abuela.

El día lo pasamos en el pueblo, el cual, es precioso como imaginábamos. Ya por la tarde volvemos a casa. Faltan unos kilómetros para llegar, cuando Christian llama a Claudia.

—¿Estás actuando de perrito faldero? —cuestiona mi amiga nada más descolgar con el altavoz.

—Yo no soy el perrito de nadie. ¿Estás en tu casa?

—No.

—E imagino que Cecilia está contigo.

—Y te estoy escuchando. —añado molesta.

—Perfecto, pues escúchame dos minutos.

—Tienes uno.

Doce razones

—Cecilia, nadie imaginaba que Patricia iba a despertar. Luis lleva dos años intentando divorciarse de ella. Alegando que estaban en ese proceso, en el momento que tuvo el accidente. Por favor, escúchalo, deja que te explique todo.

—¿Has terminado? —pregunto, cogiendo el desvío para casa.

—Sí.

—Lo pensaré —comunico antes de Claudia cuelgue.

Dejo la mente en blanco, por lo menos hasta que llegue a mi hogar. Después ya veré. Las chicas se despiden de mí, yo entro en casa y voy directamente al aseo. Decido darme un baño, por lo que lleno la bañera.

Me desnudo y cuando considero que es suficiente, me introduzco. Sujeto el móvil, mientras lo manipulo para poner lo que necesito. La reproducción de relax se me antoja en ese instante la mejor idea.

No sé el tiempo que estoy dentro de la bañera, pero salgo en el momento en que el agua se encuentra fría, o así la siento yo.

Tras ponerme una camisola, voy a la cocina donde miro lo que hay. Tengo que ir a comprar, puesto que empieza a escasear cosas. Tras mucho meditar, decido hacerme una ensalada, con tacos de pavo, queso, mozzarella, lechuga, tomate, tiras de zanahoria y unas pocas aceitunas, las cuales parto a la mitad.

La aliño con aceite virgen extra y vinagre balsámico que le da un toque muy bueno. Con la cena preparada camino hacia el salón donde continúo viendo mi serie. Cerca de la media noche me marcho a la cama.

Doce razones

Mientras cenaba, he desbloqueado a Luis y varios audios de él me han llegado. No los he escuchado, puesto que he decidido que quiero que las explicaciones me las dé a la cara.

Una vez por la mañana le envío un mensaje diciéndole que le espero en casa y que venga a dármelas en la cara. La verdad no sé si estoy haciendo lo correcto, pero Christian tiene razón en decirme que debo escucharle.

Su contestación no tarda en llegar.

Luis: En una hora estoy en tu casa.

Termino de desayunar y de fregar los cacharros, antes de irme a mi habitación, donde hago la cama, me visto con un short y una camiseta de tirantes. Me encuentro echándome perfume, en el momento, que suena el timbre.

Al abrir la puerta veo que se trata de Luis. Le hago pasar y poco después nos encontramos sentados en el sofá.

—Cecilia, asumo que debía habértelo dicho, pero la verdad es que no sabía cómo. Mi matrimonio estaba roto cuando ella tuvo el accidente, aunque en verdad el propósito de ella era matarse.

Exclamo y me tapo la boca, pero continúo callada.

—Ella huyó con el coche, cuando le di los papeles del divorcio, ya firmados por mí. Todo era ventajoso para ella, sin embargo, no quiso firmar. Y para mi desgracia, no creo que lo haga ahora. No quiero que te sientas mal, pues yo en ningún momento te he engañado, si he omitido, pero nada más.

Hace una pausa para ver si hablo, no obstante, al continuar callada prosigue.

—Comprendo que no quieras saber nada de mí. Estás en tu derecho, pero no quería que pienses que has sido engañada, o que me he estado riendo de ti. Yo desde hace años no siento nada por ella. Además, eres la única mujer de todas con las que he estado, la cual, me importa mucho.

Luis se acerca a mí y me besa despacio en la mejilla, cerca de la comisura de los labios. Ese roce despierta cosas en mi interior y sin medir las consecuencias giro la cara lo suficiente como para que sus labios terminen sobre los míos.

«Si va a ser la última vez, ¡hazlo bien!», exige mi diablesa y asumo que tiene razón.

Acaricio su pecho y eso es suficiente para que mi amante se abalance sobre mí. La ropa de ambos nos sobra por lo que nos la quitamos cada uno. Luis, sin reflexionar, me coge en volandas y me penetra de una estocada. Acto seguido vuelve a salir para volver a entrar de la misma forma.

No sé las veces que lo hace, pues para ser sincera disfruto como una perra y por primera vez me da igual todo, incluso las consecuencias de este acto.

El asalto no tarda en terminar con ambos jadeantes, sudorosos y satisfechos. Los dos, después de limpiarnos con unos clines, nos vestimos y poco después nos despedimos en la puerta.

—Cecilia, si alguna vez estoy libre te buscaré, porque, aunque tu exmarido haya sido un gilipollas que no ha sabido valorar lo que tiene, ten por cuenta de que yo no seré como él.

Con esa promesa, Luis se marcha y yo me quedo pensando en mi cabeza en lo que acaba de pasar.

Tras su marcha me quedo un poco tocada, pero decido que es hora de buscar a alguien que me ayude en las tareas. Mis pies me llevan al dormitorio y me cambio la ropa por un vestido de color verde.

Doce razones

En el coche pongo en Google agencias de personal doméstico y salen un montón. Sin meditar me dirijo hacia la primera que dice personal, discreto y eficiente.

Me encuentro volviendo de Málaga, cuando me entra una llamada de mi tía. Ella me avisa de que mis padres tienen graves problemas financieros. Por lo visto, habían intentado, sin éxito, hipotecar la empresa, que ahora es de mi tía y su familia con unas escrituras antiguas.

Mi perplejidad aumenta cuando me informa de que incluso han llegado a amenazar a mi antiguo marido para que le devuelvan el dinero que invirtieron para formar la empresa. Obviamente, eso no lo puede hacer, pues para pagarme a mí, tuvo que hacerlo.

Ahora entiendo su necesidad por saber dónde estoy y verme. La verdad es que, por mí, se pueden ir al mismísimo infierno. No me importa. Sí, por ello soy una desagradecida, pues bienvenida esa etiqueta.

Después de ir a la agencia, he pasado por el supermercado. Por eso al llegar a casa, me toca hacer varios viajes del coche a la cocina. Al terminar, tengo claro lo que voy a comer, por lo que tras colocar el resto lo preparo. Judías verdes, con patatas y de segundo un chuletón de ternera a la plancha.

En la bandeja, vienen tres, por lo que los dos restantes los pongo por separado y lo meto al congelador. Las judías verdes, lo que sobre, lo guardaré en un recipiente en la nevera.

Estoy terminando de comer, cuando recibo una llamada de la agencia. Hay una chica que puede venir todos los días, dos horas de once a una. Les digo que perfecto y ellos me informan de lo que tengo que pagar. Diez horas a la semana, cincuenta al mes, dependiendo de las semanas, por cuatrocientos euros. Incluye el pago del sueldo, la parte de la seguridad social y la intermediación. Les digo que lo voy a pensar y que les llamaré.

Por supuesto, no lo voy a hacer, primero porque no quiero en ese horario, segundo porque me parece a mí que poco le van a pagar a esa chica y tercero, porque me parece mucho. Lo he dicho en otras ocasiones, pero es que es verdad, soy rubia, pero no tonta.

Me tumbo en el sofá y sin dar vueltas a lo ocurrido hace unas horas, me pongo un capítulo de la reina del sur. Más tarde tengo que volver a salir, pues tengo que buscar el local para mi negocio.

Por eso se me ha ocurrido que Arancha, la comercial que nos vendió las casas, podría ser de ayuda. Nada más terminar el capítulo me marcho y se lo digo a las chicas. Hoy no nos hemos visto, porque cada una tenemos lo nuestro, pero sabemos que ahí estamos siempre que se nos necesitemos.

La suerte me sonríe cuando Arancha me dice que tiene un local perfecto para lo que quiero. Está en una calle céntrica y próximo al centro. Por lo visto, la calle es de paseo continuo por los viandantes y está reformada.

—¿Y tú, como sabes todo eso?

—Pues porque vivo en una calle próxima y todo el mundo pasa por ahí. Incluso puedo ser tu clienta si me haces ricos dulces… —explica antes de reírse.

—Eso me gusta, ¡venga!, vamos a verlo.

Ambas vamos andando al local y al verlo me doy cuenta de que tiene razón. El precio del alquiler está bien y creo que tiene posibilidades.

Doce razones

—Me lo quedo. Vamos a hacer los papeles —sentencio y ella sonríe agradecida.

Al salir de la agencia, llamo a las chicas y les digo que las invito a cenar en casa. Que tenemos algo que celebrar. Ellas preguntan como es normal, pero no les digo ni pío.

La felicidad es ese momento, es completa, y pido a Dios que sea la tónica de lo que está por venir. Al llegar a casa, comienzo a preparar los ingredientes, para la tortilla de patata. Poco después llegan mis hermanas.

Claudia viene con una botella de vino sin alcohol porque Clara también tiene derecho a brindar por lo que sea que tengamos que celebrar. Sonrío, pero continúo sin decir nada.

Antes de cenar, rellenamos las copas y las alzamos, es entonces cuando anuncio la buena nueva.

—Bridemos porque mi negocio cada vez está más cerca de ser una realidad.

No tardan en beber y levantarse para abrazarme.

—Muchas felicidades, hermana. Tu sueño cada vez está más próximo de cumplirse.

—Es verdad. Gracias, por apoyarme, por seguir a mi lado y por no darme la espalda.

—A la verdadera familia, nunca se la da la espalda —sentencia Claudia y las tres asentimos por lo que implica.

Esa noche no veo la reina del sur, pero siento que cada vez soy más fuerte, más yo misma.

Doce razones

Doce razones

Capítulo 14
Proyectos que se hacen realidad

Por la mañana, no pierdo el tiempo y comienzo a buscar las cosas que necesito para acondicionar el local. Expositores, vitrinas, bandejas, una pesa, además de una caja registradora. En el interior necesito dos hornos, una mesa de trabajo y utensilios. Eso solo para empezar.

También tengo la idea de tener una máquina de café, para que puedan degustar los clientes de él con algunos de mis dulces.

Busco en un buscador de internet donde puedo adquirir las cosas que necesito y cuando tengo localizados los sitios, me visto para irme a visitarlos. Cuanto antes los adquiera, antes puedo comenzar.

Pienso que debería invertir un poco en publicidad, pero por el momento desecho esa idea. Claudia me llama para decirme que, si necesito algo, cuente con ella.

—Lo sé —respondo.

En el camino a Málaga decido que al final voy a colgar las llamadas a mi familia. Ellos son como los mosquitos, pinchan a la víctima cuántas veces le dé la gana, hasta que la dejan llena de picaduras. Eso mismo es lo que hacen conmigo y no estoy dispuesta a que lo sigan haciendo.

La primera parada es el sitio de los expositores y demás. Se encuentran en un polígono pasado Málaga ciudad, aunque no mucho. Decir que tiene cosas preciosas es quedarme corta.

Me vuelvo loca desde que entro hasta donde alcanza la vista. Es literalmente lo que necesito para que mi pequeño negocio prospere. Tampoco aspiro a ser una multinacional, pero si a vivir con comodidad, haciendo lo que me gusta. Compro de todo y les indico donde está la tienda. Quedamos en que en unos quince días me lo enviarán.

Acto seguido, voy al otro almacén. Donde también tengo suerte y compro la mayoría. Me quedan pocas cosas, por eso decido ir a la gestoría, para iniciar todos los trámites. El chico me saluda con efusividad y acto seguido comienzo a pedirle lo que necesito. Rubén, que es como se llama, me pide unos documentos, como el contrato de arrendamiento, mi DNI, la cuenta bancaria, además de algunos datos más.

Salgo de la oficina al mismo tiempo que ellos cierran el negocio, son las dos de la tarde. Antes de irme a casa, paso por un chino y cojo un menú de una persona para comer, de lo contrario, voy a comer muy tarde.

Estoy terminando de comer, cuando mi teléfono comienza a sonar. En la pantalla pone mamá, por lo que le envío al contestador sin pensar.

Recojo la cocina y al terminar veo que me ha dejado un mensaje, además de que me ha vuelto a llamar. No voy a escuchar nada de ella, así que lo vuelvo a dejar.

Mia viene a pedirme cariño y sin dudar me pongo a jugar con ella. Cuando comienza a pasar de mí, la dejo a su aire.

Es que es una gata muy buena. No tengo queja de ella y creo que nos vamos a llevar muy bien. Decido tumbarme a tomar el sol y no salir por la tarde. Estoy cansada. Paso la tarde entre la piscina y la hamaca. Reflexiono en que mi jardín es muy bonito, pero quedaría mejor si pido ayuda a una paisajista.

Doce razones

Por la noche, mientras ceno un sándwich, en mi libreta anoto las cosas que ya he comprado y apunto las que me faltan aún. Estoy muy ilusionada y necesito que todo salga bien.

«Vuelvo a ser yo poco a poco», sonrío en mente.

Horas más tarde, después de ver dos episodios de la reina del sur, me voy a la cama con la seguridad de que Teresa Mendoza me está transmitiendo su fuerza y energía.

A la mañana siguiente, desayuno bailando al ritmo de Aitana. Estoy de muy buen humor y eso se nota. Ese día he decidido dejar la comida hecha, por lo que preparo una crema de calabacín y de segundo corto una pechuga de pollo en dados y lo cocino junto a un pimiento. Cuando le falte poco añadiré un bote pequeño de láminas de champiñón.

Salgo de casa sobre las doce de la mañana y me dirijo hacia otro almacén para comprar lo que me falta. Rubén me llama para preguntarme que día quiero estar ya alta como autónoma.

Me recomienda hacerlo a final de mes si la tienda aún no la tendré abierta. Hago cálculos y me doy cuenta de que, hasta el mes siguiente, no podré abrir, por lo que le digo, que el día uno sea efectivo.

Al cortar la llamada llego al polígono y preguntando me cuentan de que hay dos sitios. Eso me gusta porque lo que no tenga uno supongo que lo tendrá otro. Mi día cada vez va mejor, pues llego a casa casi a las tres con un calor sofocante, pero más feliz que una perdiz, pues en principio ya he adquirido todo lo que voy a necesitar para comenzar en mi trabajo.

Doce razones

Lo único que me falta son las materias primas, eso es lo último que compraré. Al llegar a casa y me cambio, entretanto, caliento el primer plato en el microondas. Mientras almuerzo, veo las noticias.

Me da mucha rabia lo que sucede en Ucrania. Me gustaría hacer algo por esas personas que han perdido todo. Estoy terminando de comer, cuando me llaman. El emisor no es otro que mi padre.

Por supuesto, la ignoro y silencio el móvil. No quiero que me fastidien mi maravilloso día. Al terminar me tumbo en la hamaca y tomo el sol hasta las seis de la tarde, que me meto en la cocina.

Quiero refrescar unas recetas que hace tiempo que no cocino. Galletas con pepitas de chocolate es lo primero que hago y al terminar, preparo un bizcocho de naranja que está para chuparse los dedos.

La mitad de las galletas las dispongo en un recipiente de plástico para mis hermanas y vestida de estar por casa, es decir, con un short y un top salgo en dirección a la suya. Abro con la llave que tengo y accedo hasta la cocina donde están las dos, aunque no están solas.

—Hola Christian, ¿qué tal?

—Bien, ¿y tú?

—Estoy de lujo. —manifiesto sonriente. —Chicas, he cocinado estas galletas y ya sabéis que me gusta compartir. Mañana sois bienvenidas para desayunar bizcocho de naranja.

Ambas no tardan en coger galletas y se ponen a gemir de gusto.

Doce razones

—Me siento ahora mismo desplazado —comenta Christian, no obstante, sonríe.

—Toma prueba una. Pero cuando abra mi negocio tendrás que comprarlas.

—Por supuesto —responde después de morder—. ¡Dios mío! Está deliciosa.

Claudia y Clara se ríen por su cara y yo al final también cabo riendo con ellas a carcajadas.

Poco después Christian se marcha y yo le hago un interrogatorio a ambas.

—Yo no tengo nada con él —indica Clara—, aquí la amiga que le gusta su salchichón.

—Y a él mi coño, ¡no te jode! —se defiende Claudia a la defensiva.

—Vale, venga, te lo acepto, pero dime una cosa, sigue dando a la zambomba igual de bien o mejor.

Ella me mira alucinando, no obstante, no responde verbalmente, sino que asiente con la cabeza. Las chicas me dicen que me quede a cenar y acepto encantada, aunque cuando me dicen que cocine me percato de que me han engañado.

—Vosotras no sabíais que cocinar y yo os he venido de lujo.

—La verdad es que íbamos a ir, pero ya que has venido, pues nada...

Muevo la cabeza negando, mientras que al mismo tiempo me voy a ver que tienen. Al final, después de mirar unas cosas y otras claudico antes de decirles que vengan a mi casa, donde preparo una empanada de atún y pimiento.

Doce razones

Ellas sonrientes aceptan porque al final se salen con la suya. Mientras estamos cenando mi padre vuelve a llamarme. Las chicas por supuesto lo ven y les explico que he decidido no cogerles las llamadas.

Temo que con alguna de sus tretas localicen mi ubicación y den con mi dirección. Claudia y Clara saben que esto puede suceder, por lo que me dicen que me apoyan con mi decisión.

Para cambiar de tema les explico todo lo que he comprado para el negocio y lo feliz que me siento. Ella por supuesto no tardan en decir que tenemos que corrernos una buena juerga para celebrarlo.

—Clara tomará los combinados sin alcohol, mientras tú y yo nos bebemos hasta el agua de los floreros.

—¡Puag! Qué asco —exclamo poniendo una cara de no me gusta nada esa idea. Te acepto el beber, el resto no.

—Eres una aguafiestas, Cecilia —me reprende de broma.

—Bueno, ese día os dejo que bebáis con moderación y por supuesto conduzco yo. Ya que no puedo beber por lo menos hago de chofer.

—¡Anda! Pues igual que hemos hecho nosotras otras tantas veces —continúa con la broma, Claudia.

Cuando se van son las diez y media de la noche, pero me siento cansada por lo que me voy a la cama. No obstante, el móvil me avisa de la entrada de un WhatsApp, por lo que lo miro.

Sin abrirlo veo que se trata de Luis. Mis sentimientos son confusos, pero al final la tentación es demasiada, puesto que se trata de un audio.

Doce razones

Luis: Hola Cecilia, ¿qué tal estás? Quisiera pensar que me extrañas como yo a ti. Sé que estoy siendo egoísta porque Patricia sigue sin querer firmar los papeles del divorcio —suspira, — lo siento, no te hablo por eso. Solo pretendo que no te olvides de mí, porque yo no lo hago. Un beso, preciosa.

Dejo el móvil sobre la cama sin contestarle. Me debato entre hacerlo o no y al final cuando tengo intención de hacerlo entra una llamada de mi madre, quitándome todas las ganas de hacerlo.

Lo que si cojo en su lugar es el vibrador y me voy a la ducha. Mi juguete funciona bajo el agua y no dudo en utilizarlo, mientras imagino que es Luis el que me está masturbando. Al salir de la ducha, con un camisón raso de color rosa palo, me voy a la cama.

Me deslizo entre las sábanas y antes de dormirme el último pensamiento es para Luis.

Por la mañana, como ya he comprado todo para mi negocio, decido ponerme a cocinar y así perfeccionar algunas recetas. Las chicas por supuesto vienen a desayunar y entre las tres nos comemos un tercio del bizcocho.

—Es que mira que está bueno el condenado, ¡eh! —manifiesta Clara comiendo por los carrillos.

—Tienes que cuidarte, no tienes que engordar como una vaca.

—Lo sé, aun así, me pondré así, porque mi bebé engordará y yo con él.

—Sea como sea, estaría bien que te siguieras cuidando, hacer ejercicio, salir a andar, ¿has pensado que vas a hacer para ganarte la vida?

Doce razones

—Todavía no. Ahora con el embarazo no creo que nadie me coja a trabajar y si lo hace en nada me echarán. Cuando tenga el bebé, pues lo meditaré. Mientras soy una desempleada de este país.

Al irse decido refrescar un poco algunas recetas. Cuando hice la compra, cogí fondant y hoy quiero hacer las galletas de dibujos animados. No sé lo he dicho a las chicas, porque si no, no se marchan.

Cuando las meto al horno, preparo la cubierta. Cojo pequeñas cantidades de cada color, porque las formas así lo piden. Un corazón tiene que ser rojo, igual que una nube tiene que ser azul y blanco. No hay de otra forma.

Me gustaría probar hacer un día una tarta de chuches, pero considero que no es una buena idea, debido a la gran cantidad de azúcar que llevará. En mi repostería, me gusta cuidar de la gente y no me excedo en el dulce. Prefiero añadir esencias que son más sanas y les da unos toques deliciosos.

Mi abuela que en paz descanse padecía de azúcar, por eso, tengo una técnica para que todos mis postres tengan y sepan una pinta deliciosa, pero que también puedan degustarlos todo el mundo.

Ella era mi gran crítica, o me daba el visto bueno con un asentimiento con la cabeza y unas palmaditas en el brazo, o me decía que me había pasado cinco ciudades con el azúcar y que la iba a mandar al otro barrio.

Por supuesto, eso no paso, pero si era verdad de que a veces me pasaba un poco y ella me reprendía a su modo. Una lágrima traicionera sale de mi ojo y surca mi mejilla hasta la barbilla.

La seco con la manga mientras parpadeo para alejarlas.

Capítulo 15

Una juerga inolvidable

Claudia estaba vestida para matar, yo la verdad es que casi la igualaba y Clara... bueno, digamos que ella, pese a que no se había esmerado como nosotras, estaba tan bella como siempre.

Ayer leí un artículo que hablaba de embarazos y de que la mujer se ponía más bella en el embarazo si era un niño. En el coche de camino a Málaga hablamos de ello.

Claudia y yo queremos que sea una niña. Sin embargo, Clara alega que le da igual, mientras este sano. Ambas asentimos con la cabeza, pero repetimos que mejor que sea una niña.

Al llegar a Málaga introduce el coche en el subterráneo que ya conocemos y vamos camino al restaurante que hemos elegido. Es un italiano, a petición de la preñada.

Degustamos algunos de sus platos entre las tres, pero al terminar les digo a las chicas que quiero un tiramisú.

—¿Dónde lo vas a meter? —pregunta Clara separándose de la mesa—. Yo ya estoy llena a reventar.

—Eso es porque has engullido como un animal hambriento —replica Claudia, que también le pide al camarero la carta de postres.

Ella opta al final por una tarta de San Marcos y yo el tiramisú. Ambos están deliciosos, aunque coincidimos que el azúcar que lleva es excesivo.

Doce razones

—Tienes que hacerlos tú también. Estoy segura de que, si te pones, lo consigues.

—Lo voy a intentar —respondo cavilando en mi cabeza.

Abono la cuenta a pesar de las protestas de ambas y salimos agarradas de los brazos las tres juntas. En la calle caminamos de igual modo, hasta que damos con un pub. Claudia insiste en entrar y echar un ojo.

Al acceder nos llevamos la grata sorpresa de que a pesar de que el exterior es un poco cutre, el interior es muy chulo. La música que suena es de reguetón y al terminar ponen una bachata.

Mis caderas comienzan a moverse como si tuvieran vida propia y lo mismo les ocurre a mis amigas. Sin pedir aún consumición, bailamos las tres juntas, hasta que un empujón provoca que casi me caiga, pero unos brazos fuertes lo impiden.

—Hola, bella —comenta el maromo que tengo delante de mí.

—Hola. Gracias por agarrarme —respondo eligiendo bien mis palabras. Inicio el tonteo sin perder tiempo. Este hombre es una alegría para la vista, tengo que ver si será igual en la cama.

—Sabes preciosa, si me dejaras te agarraría de otra forma que te gustaría mucho más.

—¿En serio? ¿Me puedes dar una muestra? —cuestiono mimosa.

El tipo se pega a mí y comenzamos a bailar al ritmo de Romeo Santos. Cadera para un lado, pie para el otro, meneo por aquí, meneo por allá.

Doce razones

«Madre mía como se mueve el hombre», manifiesta mi diablesa en mi mente.

El tipo me hace dar una vuelta para un lado, nos meneamos juntos, vuelta para el otro. Nos manoseamos ambos sin descaro, hasta que el hombre decide hacerme una propuesta.

—Vamos a tomar algo, preciosa.

—Claro, estoy sedienta —respondo mordiéndome el labio.

Al llegar a la barra, visualizo a mis amigas y me sorprendo al verlas en una mesa en compañía de Christian y Andy.

Unas manos me agarran de las caderas y pienso que se trata de Luis, no obstante, estoy equivocada. El hombre, un poco borracho, comienza a manosearme y sin reflexionar le doy un puñetazo, poco después aparece mi pareja de baile y se enzarzan en una pelea. Por poco evito que un golpe me alcance y sin reflexionar salgo a la calle. Mi bolso lo tienen las chicas, porque se lo di a Clara al ponerme a bailar.

Claudia y Clara salen a buscarme y me encuentran tomando el aire.

—Madre mía, ¡te ha hecho algo este tío! —preguntan las dos a la vez.

—Manosearme. Pero le di un puñetazo y luego salió el tío bueno de la nada y se pusieron los dos a darse hostias…

—Eso lo hemos visto. ¿Pero a ti te ha pasado algo? —insiste Clara.

—No.

Doce razones

Christian y Andy se acercan y después de preguntarme si estoy bien, nos dicen que nos invitan a otro club. Ellas aceptan, aunque a mí las ganas de fiesta se han esfumado.

«Estás jodida, rubia», manifiesta mi diablesa y yo me rindo ante la evidencia.

Los chicos nos indican donde está y nos ponemos en marcha. Al llegar hay dos controlando la entrada y uno de ellos al verlos abre uno de los cordones para que accedamos.

La música actual nos da la bienvenida, nada más entrar en el pasillo. La discoteca parece que tiene varias zonas de baile y hasta asientos para reposar los pies cuando no se pueda más.

Todos nos dirigimos hacia la segunda sala y en el instante en que creo que daremos la vuelta, pues no hay ningún banco para sentar, un camarero le indica con la mano hacia dónde dirigirnos. Segundos después estamos sentados en un reservado que incluso tiene su propia pista de baile dentro.

—Christian, tengo mucha curiosidad por saber cómo tienes tanta suerte.

—Es sencillo, soy uno de los accionistas y siempre tengo un sitio disponible.

—¿Accionista?, ¡eres una caja de sorpresas!

El chico se echa a reír, pero no tarda en comerse con la mirada a Claudia, la cual se encuentra bailando con Clara. Mi amiga se da cuenta y me anima a que baile con ellas. No me apetece, pero si no lo hago estoy segura de que sospechará.

Doce razones

Me pongo a bailar con ellas y no tardan en sumarse Christian y Andy, el cual se nota que bebe los vientos por mi hermana.

«Ojalá se den una oportunidad y mi amiga le cuente de su embarazo», pido a Dios mientras sigo bailando.

Noto unos ojos en mí, pero no doy con nadie conocido. Además, es la primera vez que vengo aquí. Ignoro esa sensación y me pido un combinado para levantarme otra vez las ganas de fiesta.

Claudia y Christian cada vez se rozan más y en el momento que miro a mi amiga Clara me la encuentro enrollándose con el buenorro de Andy en los asientos.

Me siento mal con ellos aquí en esta tesitura, por lo que opto por ir a dar una vuelta y volver dentro de un rato.

El baño me parece la mejor opción, por lo que en cuanto veo la señal me dirijo hacia ella. Estoy pensando que lo más seguro es que haya una cola kilométrica para entrar, aunque me equivoco, puesto que no hay nadie.

Entro en el aseo y acto seguido en un cubículo. Subiendo el vestido escucho unos ruidos procedentes de al lado. Levanto las cejas porque los gemidos femeninos cada vez son más perceptibles, además de los embistes del macho.

Hago pis y salgo de ese baño lo más rápido que puedo, sin embargo, en mi huida choco contra un pecho fuerte. Lo reconozco de inmediato no solo por sus músculos, sino por su perfume, no obstante, cuando me dispongo a saludarlo, la voz estridente de una mujer hace que empequeñezca y las manos unidas de ambos hacen que de un paso para atrás.

—¿No te vas a disculpar? Me parece que en este club entra cualquiera, cariño.

Doce razones

—Patricia, cállate un poco. —La morena salta como un saltamontes y yo sigo mirando sus manos unidas.

Me siento mal, estoy segura de que yo no debería haber visto esto, ni siquiera debería haber venido.

Murmuro una disculpa y me marcho corriendo. Escucho como me llama, pero yo no me paro. Llego al reservado y veo que solo está Clara, le digo que me voy y que ellas se queden. Ella quiere venir conmigo, pero le digo que no, que necesito estar sola. Salgo del local sin saber cómo, lo he hecho en piloto automático.

Un taxi me lleva a casa y al llegar pago. Entro en mi hogar y me quito la ropa antes de meterme bajo la ducha, donde dejo salir todas las lágrimas. Cuando me siento mejor, cierro el agua, me seco con una toalla mullida y me visto en la habitación con el camisón. Acto seguido, me introduzco en la cama donde me duermo poco después producto del cansancio.

A la mañana siguiente, despierto bien entrado el día. Mi cuerpo se siente extraño como si me hubiera resfriado, además de lo cansada que me encuentro. Visito el baño y después la cocina donde preparo el café.

Mi mente continúa bloqueada por lo vivido ayer.

«¿Por qué la vida es tan perra?», cuestiona mi mente.

Debería ser feliz con lo que tengo, saber disfrutar de la etapa que estoy viviendo. Sin ataduras, sin nadie que cuestione mis actos, nadie que me diga, ven aquí, o haz esto. Pero la verdad es que, aunque el mundo entero diga que todo está bien, la verdad es que no.

Muchas veces me encuentro sola y cuestiono porque no tengo suerte en el amor.

Doce razones

«Porque nunca te han dejado ser tu misma», replica mi diablesa y le doy la razón.

Ayer quería correrme una fiesta cojonuda. Una que pudiera recordar durante mucho tiempo y todo salió mal.

Tengo que olvidarme de Luis. Borrarlo de mi sistema y de mi mente. ¿Cómo hacerlo? Esa es la cuestión. El ruido de mi teléfono me saca de mis pensamientos.

En la pantalla pone mamá. Lo silencio. Al no cogerlo, lo intenta mi padre. Imagino que están juntos. Lo vuelvo a silenciar. En cuanto cuelga decido ponerlo en silencio para todo el mundo.

Hoy me lo voy a tomar para mí. Tengo comida preparada en el frigo. Hoy no voy a cocinar y tengo la intención de pasarme el día en mi jardín dándome chapuzones en mi piscina.

Un par de horas después estoy subida en un gigante flotador, cuando escucho la voz de Claudia.

—¡Aquí estás! —exclama y abro los ojos de inmediato.

—Sí, claro. ¿Dónde quieres que esté?

—Te llevo llamando horas —anuncia acercándose—. No coges el teléfono y ya pensábamos mal.

—Está en silencio. Me han llamado mis progenitores y lo he silenciado.

—Vale. Lo entiendo. —En ese momento asiente y cambia de tema—. ¿Qué te pasó ayer? ¿Por qué te fuiste?

—Porque me sentía mal, estaba cansada y ya no tenía ganas de fiesta —respondo por inercia.

Doce razones

—Eso es una mentira del tamaño del Palacio Real —manifiesta molesta—. ¿Por qué?

—Me supero todo. Los brazos del borracho, la pelea, y… —Claudico, porque no va a parar hasta saber qué me ocurrió.

—¿Y?

—Y luego lo vi… con ella —manifiesto rendida y es cuando se evidencia la verdad.

—¿En serio, rubia? —cuestiona asombrada.

—Sí, hermana. Soy gilipollas, ¿verdad? —explico sintiendo como me libero de una carga.

—No para nada. Pero tienes que seguir, olvidarte de él. ¿Por qué no nos vamos de viaje? —anuncia y la miro escéptica.

—¿De viaje? —cuestiono dudando.

—Sí, —afirma—, ¿no querías hacer un crucero?

—Sí. Pero…

—Pero nada. Voy a ver cuando sale uno —anuncia caminando hacia la entrada de casa—. Cortito de una semana o diez días. Estoy segura de que eso es lo que necesitas.

—Pero… ¿Y Mia? ¿Y Romeo? —manifiesto antes de bajar del flotador y nadar hasta la salida.

—Les buscamos un hotel para los dos por el tiempo que dure. ¡Ya verás! Estarán mejor que nosotras —resuelve decidida.

Doce razones

La miro temerosa, no creo que sea un buen momento. Ahora mismo mis ahorros se han mermado mucho, pero cualquiera le dice algo a Claudia.

Ella se marcha para investigar y yo vuelvo a la piscina para realizar unos largos antes de salir de la piscina. Duchada, comida y con sueño me tumbo en el sofá, donde pongo una película de Netflix. Navego por el menú hasta que doy con una película de humor que supongo que será la mejor opción.

"*Dando la nota*"

Lo que resta de la tarde, la paso en el salón, saboreando galletas, viendo películas del mismo estilo. Al llegar la noche como no tengo hambre y Morfeo hace horas que me llama para irme con él, termino aceptando.

Doce razones

Capítulo 16

Sorpresas inesperadas.

El lunes a la hora de comer recibo una llamada de Claudia. Explica que le ha costado, pero que la suerte está de nuestro lado y el jueves embarcamos en el crucero. Comenta que durará ocho días, aunque el viaje se alargará al final doce días.

Sin titubear me indica que mañana nos llevaremos a nuestras mascotas a la residencia donde se van a quedar. El centro se encuentra en una localidad cercana llamada, el Rincón de la Victoria. Un pueblo que sin duda visitaré a la vuelta, al igual que Nerja, aunque esta ciudad se halla un poco más lejos.

El miércoles temprano nos vamos a Madrid, donde pasaremos casi veinticuatro horas. Después cogeremos un vuelo hacia la ciudad donde sale el crucero.

—Claudia, no sé si te has olvidado de que no me has dicho lo que tengo que pagarte, ni a donde vamos.

—No me he olvidado de nada. No vas a pagar ni un euro de este viaje. Es un regalo para las dos.

—¿Cómo? Pero… —comienzo, pero me interrumpe.

—No hay, pero que valga. Es algo que quiero hacer por las dos, además ha sido mi idea —sentencia con tono firme, pero yo insisto.

—No sé… estoy segura de que te habrá costado un buen pellizco todo.

Doce razones

—Es algo que me puedo permitir. No te preocupes, que en la ruina no me voy a quedar —expresa con sarcasmo.

—Eso me alivia, aunque me lo he imaginado yo sola —respondo a su ironía.

—Bueno. Lo dicho, mañana los llevamos. El miércoles tenemos que salir de casa sobre las nueve. Tú sabrás cuando haces la maleta.

—Vale. Veo que lo tienes todo organizado.

—Exacto. Hablamos más tarde, rubia. Acuérdate de meter en la maleta muchos bikinis y vestidos sexys.

—Eso será lo primero que meta.

—Genial. Besos, rubia.

El martes, después de desayunar, decido ir a visitar a mi armario de ropa. Saco los vestidos más espectaculares y elijo siete. Después les toca los conjuntos interiores, aunque de estos aparto un total de catorce. A continuación, les toca a los bikinis y bañadores. Cojo todos, pues seguramente los necesitaré. Mi teléfono comienza a sonar y camino hacia él. Lo encuentro sobre la isla de la cocina. La pantalla me indica que se trata de mi tía.

—Hola tía, ¿qué tal estáis?

—Bien, sobrina. Te llamo para advertirte de que tus padres saben dónde te has mudado.

—¿Y eso cómo es posible?

—Pues… Bueno… Ha sido por un error mío.

—¿Tuyo? —pregunto curiosa—. Explícamelo —exijo.

Doce razones

Ella comienza a relatarme que le han tendido una trampa. Por lo visto, mi exmarido había llegado a la oficina con una caja llena de libros míos. Mi tía lo recogió y la tenía a buen recaudo hasta que la mensajería se la llevara. Pero mi padre había pagado al mensajero para que le diera la dirección.

—¡Maldición!

—Lo lamento, hija.

—No te disculpes. ¿Quién pensaría que harían algo así? Voy a intentar solucionarlo.

—Vale. Te mando un beso. Si no te importa, me mantienes informada.

—Claro, tía. Un beso.

Cuelgo la llamada y acto seguido marco a Claudia. Le explico la situación y me dice que debería colocar una alarma en mi casa. Reflexiono mientras ella habla y la interrumpo para decirle que la voy a poner.

Al colgar llamo a una de las compañías que se dedican a esto. Le explico lo que quiero y me dan el presupuesto. Les indico que lo acepto y me informan que por la tarde vendrá un técnico para instalarla.

La verdad es que con todo esto el apetito se me ha marchado, pero tengo que comer, pues no puedo volver a congelar la lasaña. La caliento en el horno, y cuando está lista me pongo a comer.

La reina me da la fuerza que puedo necesitar por si ellos aparecen hoy. Son las cuatro cuando el timbre me sobresalta. Veo que se tratan de mis progenitores por la mirilla. Maldigo en mis adentros, pues eso solo puede significar que están desesperados.

Doce razones

Abro después de respirar profundamente.

—Hola hija —dicen al unísono—. ¿Podemos pasar? —pregunta mi padre.

—Como si me quedara más remedio —respondo haciéndome a un lado.

Entran y se dedican a mirar todo. No veo sus rostros, pero por su postura sé que están evaluando todo. Incluso el suelo que pisan.

—¿Esto te has comprado?, con que poco te conformas, hija —me reprende mi madre mirándome por primera vez. —Pensaba que tenías mejor… gusto.

—Pues fíjate, madre. Todo está como lo quiero tener. Si es poco para ti, me alegro de que esta sea la primera y la última visita que me hagáis.

—¿Quién ha dicho tal cosa? —cuestiona mi padre—. No quieres ayudarnos con nuestras deudas, tendrás que proporcionarnos esta casa para vivir.

—¿Qué? —exclamo antes de añadir—. Creo que estás mal de la cabeza. No voy a hacer tal cosa.

—De verdad, vas a dejar a tus padres en la calle, sin un sitio donde quedarse.

—Ese no es mi problema. Es el vuestro.

—Y el tuyo. Pues es tu apellido y el de tu abuela el que quedara manchado.

Analizo la situación y decido darles una solución.

—Vamos a ver. ¿Cuánto debéis?

Doce razones

—Con que nos des medio millón, nos podemos arreglar de momento.

—No, no... Eso no es lo que os he preguntado. ¿Cuánto debéis?

—Casi trescientos cincuenta mil.

—Bien. Escuchar con atención. Os voy a transferir esa cantidad a vuestra cuenta. Vais a pagar y a continuación vais a poner la casa de verano y la mansión en venta. Tenéis un mes para venderlas y cuando hayáis recuperado el dinero me lo vais a devolver. Esto es un préstamo con fecha de vuelta. No una donación, ni nada por el estilo.

—¿En serio? Y si vendemos las propiedades donde viviremos.

—En una casa que os compraréis o alquiláis o lo que sea. No me importa. —Mi padre se acerca a mí de manera desafiante.

—¿Esas son tus condiciones?

—Sí —expongo convencida—. ¿Lo tomas o lo dejas?

—Lo tomo. Pero déjame decirte que te estás equivocando.

—Es mi decisión —respondo con la cabeza en alto.

Tras un intercambio de miradas, ambos se marchan de mi casa, no obstante, antes de abandonarla por completo, mi madre me dice.

—Ignoraba que después de toda la educación que te he dado, no hubiera servido para nada. Al final, eres una hija desagradecida que no tiene ni corazón, ni alma.

—Déjala, Mercedes. El tiempo pone a cada uno en su sitio —Ambos me han dicho eso mirándome con desagrado. Sin embargo, sus insultos no han mermado mi postura y mirándolos desafiantes con la cabeza alta les he contestado.

—Es una pena que se despidan de mí de esta forma, pero si les voy a dar la razón en algo. El tiempo pone cada cosa en su lugar.

Al decir eso he cerrado la puerta y he ido al sofá donde me he sentado unos minutos. Mi corazón bombea con fuerza. Mi pulso está disparado e incluso me tiemblan las manos. Cuestiono como unos padres pueden decir algo así a su hija y llego a la conclusión de que no me merecen.

«Yo valgo mucho, son ellos los que no valen ni una moneda de dos céntimos», reflexiono en mi cabeza.

Un poco más tranquila me levanto, pero un leve mareo hace que me vuelva a sentar. Lo intento una vez más un poco más lenta y nada sucede.

«Me he levantado muy deprisa», expone mi subconsciente.

Voy a la cocina y me bebo un vaso de agua. Me encuentro bebiendo el segundo vaso cuando suena el timbre. Por unos segundos, cuestiono quien puede ser, hasta que recuerdo que es el técnico de la alarma.

Al abrir la puerta me encuentro al experto. Lo primero que hace es darme una identificación que demuestra quien es. Después me da unos papeles para que los lea y me pide permiso para mirar la vivienda.

Leo los documento mientras le acompaño. Me hace algunas preguntas y también me da algunas sugerencias. Todas, por supuesto, las tendré en mente a la vuelta. Le informo de mi viaje y me dice que es lo mejor que he podido hacer.

Doce razones

Instala sensores de movimiento en varios sitios. También tres cámaras de seguridad, una en el jardín, otra en la entrada de casa y la tercera en el garaje. Estamos aún con ello, cuando aparece Claudia para llevar a nuestras mascotas a la residencia.

—No hemos acabado —informo—. ¿Puedes llevarles tú?

—No, porque tienes que firmar. Eres su mamá —explica antes de cogerla.

—Vale.

—Nosotras esperamos por aquí —contesta haciéndole caricias a Mía.

Me río y vuelvo con el técnico, el cual, no tarda mucho en acabar. Con todo instalado y funcionando, me explica como activarla y desactivarla y por supuesto como activarla parcialmente.

Con todo claro, se marcha y yo me pongo las deportivas antes de coger el bolso con las llaves de casa. Claudia y Mía, se han ido ya al coche y se encuentran en la entrada esperándome.

En el camino al pueblo, nuestras mascotas aúllan porque no entienden a donde van y al llegar ambos se juntan al verse libres, aunque solo es momentáneamente, pues se ponen a investigar cada uno, por un lado.

En su "cuarto" se ponen a jugar casi al momento. Viéndolos contentos, nos despedimos para hacer el papeleo. Media hora después nos despedimos de los empleados y volvemos a casa, entretanto le cuento a Claudia el acuerdo que he llegado con mi padre.

Doce razones

—Ceci, no te voy a decir que lo hayas echo mal, porque tú sabrás lo que haces con tu dinero. Pero debes saber que me parece que has sido muy buena con ellos.

—Si no hacía algo, sabes que iban a estar dando el coñazo. De esta forma me libro de ellos y no pierdo mi dinero.

—Eso es verdad. Bueno, vamos a hablar de cosas bonitas... ¿Ya tienes la maleta hecha?

—Casi, me faltan unas cosas. ¿Mañana a qué hora tenemos que salir?

—Pues yo creo que a las siete y media. Tenemos el tren casi las nueve.

—¡En tren! —exclamo contenta—. ¡Me encanta la idea!

—Ya lo sé —resuelve con una sonrisa mi amiga.

Llegamos a la urbanización y vamos a casa de mis amigas. Clara se encuentra hablando por videollamada con su antiguo representante.

—Ramón, ¿no fuiste tú el que dijiste que no trabajabas con embarazadas?

—Sí, pero que culpa tengo yo de que las marcas de ropa me pidan que seas tú.

—Primero puedes decirles que no me representas ya y de paso las causas. Y después les dices que sí quieren que yo sea su imagen que hablen conmigo.

—No puedo dar crédito. ¿Acaso estás resentida?

—¿Yo? —exclama Clara poniéndose de pie y yo pongo a grabar mi móvil porque esto preveo que será histórico—. Tú eres capaz de decirme algo así. Tú que me has dejado tirada a la primera de cambio. Tú que no te importó lanzarme a los

Doce razones

leones para no verte perjudicado. Pero claro, la resentida soy yo, porque ahora las marcas me quieren porque no hay otra modelo de mis características ni que le paguen lo que les viene en gana. Te lo digo con toda la claridad que esta embarazada puede. ¡Qué te jodan! ¡Ni gratis quiero que me representes! Adiós.

Claudia y yo aplaudimos en cuanto le cuelga a ese mentecato que tenía Clara por representante. Ella al darse cuenta sonríe satisfecha y después se acerca a nosotras a abrazarnos.

—Necesito esas vacaciones —comenta cuando se separa.

—Todas las necesitamos.

Doce razones

Capítulo 17

Un viaje que nunca olvidáremos.

Parte 1.

Antes de ponerme a cenar, decido ordenar la transferencia para mis padres. Minutos después el director me llama.

—Hola Cecilia, te llamo porque estoy inquieto por la transferencia que has emitido.

—No tienes que preocuparte. Es un préstamo que les voy a hacer.

—¿Estás segura de ello? Tú sabes que por la confianza que tenía con tu abuela yo estoy enterado de todo.

—Sí, lo imagino.

—Entonces. ¿Te están obligando a hacerla?

—No, como te he dicho. No les estoy regalando el dinero, es un préstamo y en cuánto vendan la casa me lo darán.

—Imagino que has tomado precauciones.

—Sí, no te preocupes.

—En ese caso, la voy a aceptar, pero déjame darte un consejo como persona de confianza que soy. Espero que tomes tanta distancia como puedas de ellos. Su abuela, mi buena amiga, tuvo que tomar unas medidas muy severas en su contra. No me gustaría que te pasara nada malo a ti.

—Lo sé, y se lo agradezco. Mi abuela siempre me dijo que podía confiar en usted.

Doce razones

—Así es. Gracias por esta conversación. Un saludo, Cecilia.

—Un saludo, Carlos.

Al terminar la llamada, decido continuar con la maleta que me voy a llevar al viaje. Ya tengo elegida la ropa que voy a llevar puesta. Una hora y algo más tarde, voy a la cocina y decido cenar algo que no puedo comer muy a menudo, tacos.

Los ordeno a un restaurante que sirven a domicilio y me han dicho que están muy buenos. Además del taco, pido patatas fritas y un refresco. Les indico la dirección y me comunican que en cuarenta minutos me lo traerán.

Pongo la televisión y comienzo a cambiar hasta que una noticia llama mi atención. Se trata de mis progenitores, bueno, en verdad hablan de mi padre y de su mala gestión en la empresa. Los accionistas han pedido su destitución y su cese en el cargo.

Afirman que es culpable de competencia desleal, acuerdos en su propio beneficio y malversación de fondos, aunque solo son acusaciones, pues no tienen pruebas físicas. Presiento que no ha sido buena idea darle ese dinero a mi padre, pero ya no puedo hacer nada.

La comida llega treinta y cinco minutos después y tras pagar, entro en casa a disfrutar de mi cena. Mi móvil se encuentra en silencio, pero al ver que se ilumina la pantalla, la curiosidad es más fuerte.

Luis: Hola rubia, ¿Cómo estás? Espero que estes bien. Te he escrito, porque Christian me ha contado lo que sucedió el sábado. Lo lamento de verás. No pretendía que te pusieras mal por mi culpa. También me he enterado de que te vas de crucero. Ojalá pudiera yo escaparme y poder pasar ocho días

Doce razones

contigo. En fin, solo quería desearte un buen viaje y espero que lo disfrutes mucho.

Dejo el móvil sin contestar. No puedo hacerlo en este momento, las lágrimas caen por mis mejillas sin que evite su recorrido. Me duele. Duele tanto que me da rabia. ¿Por qué la vida es tan perra? Me pregunto y no obtengo respuesta. Pero... ¿Quién la tiene? Yo creo que nadie.

Al día siguiente tengo que levantarme a las seis y media, por lo que decido irme pronto a dormir. El reloj marca las diez de la noche, cuando me recuesto en mi cama. Por unos minutos pienso en mis padres. La verdad es que me dan pena. Ellos siempre han sido unos snobs y yo todavía no entiendo como no me parezco a ellos en algunas cosas.

El despertador suena a la hora acordada y me pongo en marcha en cuanto me tomo mi café. Tras una ducha, me visto con el mono azul que he dejado apartado para el viaje y me calzo mis alpargatas negras.

Arrastro la maleta hasta la entrada con una mano, mientras que en la otra llevo el bolso. Miro que llevo todo y tras introducir el móvil en él me dirijo hacia la alarma para desactivarla. Veo como el coche de Claudia sale del garaje y antes de cerrar la puerta activo totalmente la alarma.

Llega donde estoy y abre el maletero para guardar mi equipaje. Acto seguido me siento en el asiento trasero. La música que suena es de Luis Fonsi con Manuel Turizo y su tema vacaciones.

Cantamos a pleno pulmón y al llegar Málaga, aparcamos el coche en las proximidades de la estación. Sacamos nuestros equipajes y vamos a la estación. De camino paramos en un Starbucks y cogemos varias cosas... cafés, muffins y un cacho de tarta para la embarazada.

Doce razones

Presiento que Clara volverá con unos cuantos kilos de más en estas vacaciones, por lo que a la vuelta me pondré con ella para realizar ejercicios adecuados a su estado.

Todas arregladas, pero cómodas, nos encaminamos hacia los controles de billetes. Claudia entrega los billetes y accedemos sin problemas. Las maletas pasan por las cintas de escáner, mientras que nosotras nos quitamos las sandalias.

Unos minutos después estamos sentadas en nuestros asientos, camino a la capital, Madrid. Clara comenta emocionada, que quiere pasear por todos los sitios que nos dé tiempo. Claudia nos pone sobre aviso que tenemos reserva en un restaurante para cenar. Quitando eso, somos libres de llevarla a donde queramos.

Llegamos a nuestro destino poco antes de las doce. Estamos a finales de junio y eso se nota en Madrid, aunque no llega a ser sofocante.

Nos dirigimos hacia la salida y Claudia nos guía hacia el hotel que ha reservado esa noche. Nos dan la bienvenida y nos dan la llave de la habitación. Al entrar vemos que se trata de una habitación con tres camas individuales.

Sin perder tiempo dejamos las maletas y nos vamos a pasear. El primer sitio es la calle de Atocha. Pues el hotel se encuentra en esta calle. Subimos hasta la Plaza del Sol y nos hacemos un montón de fotos.

Hablamos de visitarlo en Navidad, pues estamos seguras de que estará impresionante. Luego subimos por la calle Montera y llegamos hasta la Gran Vía. Comienza a hacer calor por lo que acordamos ir a comer y por la tarde iremos al Parque del Retiro, uno de los pulmones de Madrid.

Doce razones

Por votación popular decidimos comer un bocadillo de calamares, por eso hacemos caso de las opiniones de los usuarios y nos encaminamos hasta un restaurante con solera, es decir, antiguo donde hacen los mejores bocatas.

Tenemos suerte y nos agendamos una mesa. Nos damos cuenta de que no hay camarero, por lo que me levanto y voy a la barra. Tres bocadillos de calamares, una ración de patatas bravas y varios refrescos es lo que pido de inicio.

La verdad es que son rápidos y en nada nos encontramos comiendo a dos carrillos. No hablamos, pero los gestos y sonidos que salen de nuestras bocas son suficientes para que sepamos que están buenísimos.

Pago la cuenta, pese a las protestas de Claudia. Como compensación explica que la cena la paga ella. Está muy misteriosa con ello y eso me hace sospechar.

Al terminar vamos a descansar por unas horas, el cansancio es notable en nosotras. Dormimos un par de horas y nada más levantarnos, nos vestimos con unos pantalones cortos y una camiseta de tirantes, Claudia y yo. Clara se viste con uno de sus vestidos entre gruñidos.

—Mañana iremos con vestidos todas —dice Claudia para que deje de protestar.

—Gracias, sé que estoy muy gruñona, pero son mis hormonas.

—Lo sabemos —decimos al unísono las dos.

Paseamos por el parque, nos montamos en una barca, donde nos hacemos un montón de fotos y sobre todo nos divertimos dando de comer a los patos y peces del estanque. ¡Son enormes!

Doce razones

Cerca de las siete, después de visitar casi todo el parque y el jardín botánico, nos vamos para cambiarnos para la cena. Al parecer es un lugar de postín y debemos ir arregladas. El sitio en cuestión es un local que hace años le dije a Claudia que quería ir con Mateo, mi exmarido y el cual, nunca me llevo. ¿Por qué? Pues porque es un restaurante donde se pone a prueba los sentidos.

Se llama *Dans le Noir* y entre otras cosas, tiene la peculiaridad de que comes a oscuras y desconoces quien está a tu lado. Ese restaurante está considerado por ser uno de los mejores por la experiencia humana y sensorial que ofrece.

Y gracias a mi hermana iba a disfrutar de ese sitio y de la cena. La abrazo y le doy las gracias. Entramos en el local y nos toman los datos para confirmar la reserva. Nos acompañan y nos ayudan a tomar asiento en una mesa que intuyo que es compartida para varias personas. Clara está en el medio, por lo que Claudia y yo nos encontramos en cada extremo. Notamos movimiento, gente que comienza a llegar. No vemos de quien se trata y ellos tampoco saben quién somos nosotras. El anonimato está asegurado. Un hombre se sienta a mi lado. ¿Por qué lo sé? Por su fragancia. Es la misma que utiliza Luis.

«No vayas por esos lares», me reprende mi subconsciente.

El hombre toca mi mano derecha. Es grande y casi cubre mi mano. La acaricia como el que toca los pétalos de una rosa, con cuidado. Me gusta. Noto como me ponen un plato frente a mí y al intentar soltar mi mano, el hombre me sorprende dándome a probar.

Se trata de pescado, me atrevería a decir que es salmón. Después le suceden las verduras, zanahoria, cebolla caramelizada, pimiento y berenjena. Sé que lo que puedo

Doce razones

decir en este momento puede parecer ilógico, pero estoy excitada. Y mucho. El hombre me da de comer, beber y de vez en cuando baja la mano y toca mi muslo.

Pero yo no me he quedado quieta. He chupado sus dedos haciendo que gima. He tocado su muslo y porque no, su paquete por encima de su pantalón. Y cuando creo que voy a morir por combustión, el hombre abre mis piernas y comienza a masturbarme.

Todo ello a oscuras. Escucho gemidos a mi alrededor y yo no me corto. Por esto mismo no quería venir mi exmarido, esto no es nada irregular, al revés es bastante habitual. Gozamos los dos porque los gemidos y bramidos que han salido de su boca, además de su forma de arremeter en mi cavidad bucal, han propiciado que descargue su semen en mi boca.

Poco a poco el silencio se vuelve a adueñar de la sala y cuando noto que la gente comienza a salir espero unos minutos para abandonarla yo. Una vez estoy de pie, el hombre que ha hecho que llegue al orgasmo dos veces, me coge de la cintura y me besa con fervor.

En el momento en que mis labios tocan los suyos sé que no se trata de Luis. El hombre no pierde el tiempo y me encierra entre sus brazos. Al terminar ese intercambio de fluidos bucales, el hombre me habla al oído.

—Me ha encantado conocerte, bambola.[1]

Lo dejo ahí y salgo a la recepción donde encuentro a mis hermanas, hablando con un par de tíos.

---

[1] Muñeca en italiano.

Doce razones

Doce razones

Capítulo 18

Un viaje que nunca olvidáremos.
Parte 2.

Al llegar al hotel son las doce de la noche. Claudia nos comenta que nos tenemos que levantar a las seis, pues el vuelo es a las ocho de la mañana. Clara y yo asentimos con la cabeza y tras coger el camisón me voy a dar una ducha, la necesito.

No hemos hablado de lo sucedido en el restaurante y me resulta un poco extraño. Solo han comentado de lo rico que ha estado la comida. Clara, por el contrario, ha estado un poco más habladora y ha dicho lo fascinante que le ha resultado la experiencia.

Salgo del cuarto de baño y me introduzco en la cama. Clara está dormida, por eso me atrevo a preguntar a Claudia.

—Clau... ¿Ha pasado algo? ¿No te ha gustado la experiencia?

—Para nada, me ha encantado. ¿Y a ti? Ha sido como esperabas.

—Vas a pensar que estoy loca, pero he creído que el hombre que estaba a mi lado era Luis. Pero eso no puede ser, ¿verdad?

—No vayas por ahí. Este viaje es para disfrutar, para olvidarte de él —manifiesta sin responder a mi pregunta—. Vamos a dormir, tenemos que levantarnos en unas horas.

A las seis la alarma suena haciendo que nos levantemos. Todas nos organizamos para dejar la habitación media hora después. Claudia, antes de abonar la habitación, pide un taxi para llevarnos al aeropuerto.

La recepcionista con rapidez ejecuta las diligencias, y mi amiga abona la noche al terminar. En el auto, vamos casi dormidas y lo primero que hacemos al facturar las maletas y pasar los controles es tomar un café.

Todas suspiramos al dar el primer trago y lo bebemos mientras nos dirigimos hacia la sala de embarque. Venecia es el destino y es entonces cuando Claudia nos desvela el crucero.

—Mirar salimos del puerto de Venecia y no vamos a tener tiempo de visitarla, pero a la vuelta sí. La primera parada del crucero es Katákolon, en Olimpia. Son en total cuatro ciudades las que vamos a visitar. Aquí tenéis la travesía.

—¿Todas vamos a visitar? —pregunta Clara.

—Las que queráis, pero estaría bien, visitarlas por unas horas.

—Claro, eso es lo que estaba yo pensando —expone Clara y yo asiento con la cabeza. Sé que mis ojos están brillantes, pero no me importa lo más mínimo. Estoy feliz.

El vuelo a Venecia dura dos horas y media, las cuales aprovechamos para dormir un poco. Al llegar no perdemos ni un segundo en ir al puerto desde donde saldrá el crucero.

Según nos vamos aproximando, nuestras caras demuestran lo impresionadas que estamos.

—¡Es enorme! —exclama Clara y yo asiento aún alucinada.

Desde Málaga salen muchos cruceros, pero como este no lo había visto aún. Pasamos los controles y descubrimos que

Doce razones

cada una tenemos un camarote. Claudia, al ver nuestra cara, se dispone a explicarnos.

—Lo he hecho por vuestro bien. Decirme, si quiero liarme con alguien, ¿Qué vais a hacer, esperar fuera o mirar?

—Lo has pensado muy bien —me adelanto a decir.

—Ya me lo parecía a mí —responde antes de guiñarme un ojo.

Subimos al barco, y nos van dando la bienvenida el personal. Una chica se ofrece a acompañarnos a nuestros camarotes, los cuales están en la parte norte y en la cuarta planta.

Al llegar nos damos cuenta de que son consecutivos. Clara es la primera, Claudia es la segunda y yo la última. Me asombro al verlo todo. ¡Es enorme! Lo primero que hago es mirar la terraza, la cual está en el exterior.

No me extraño al ver a mis hermanas en el mismo lugar, pues las tres nos parecemos como si lo fuéramos.

—Morena, esto es una pasada —exclama Clara emocionada.

—¡Ya te digo! Gracias, Claudia —añado conteniendo las lágrimas.

Hablamos un poco más y decido entrar para colocar la ropa. Hemos quedado en dos horas para dar una vuelta y buscar donde está el restaurante/buffet.

Abro la maleta y comienzo a sacar las cosas. El camisón lo dejo a un lado de la almohada para ponérmelo esta noche. Opto por dejar un vestido negro y unas sandalias del mismo color para la cena.

Doce razones

Nos han dicho que habrá un espectáculo el cual no nos queremos perder. Estoy colgando los últimos vestidos, en el momento que llaman a la puerta. Creo que será algunas de las chicas por lo que abro despreocupada.

—Hola, rubia. ¿Todavía no has acabado?

—Estaba terminando. He decidido que voy a reformar mi cuarto de baño cuando vuelva. ¿Has visto esa ducha?

—Como para no verla. Es una gozada —asegura Claudia y la miro.

La condenada se ha duchado y está increíble. Lleva un vestido naranja que estiliza su cuerpo. Dejo a mi amiga en la habitación y cojo la ropa que voy a ponerme. Al salir encuentro a las dos mirando algo en el móvil.

—¡Ya estoy lista! — profiero asustándolas.

—Jesús, ¡eres muy silenciosa! —exclama Clara—. Mira donde vamos mañana.

Se trata de la ciudad de Katákolon, en Olimpia. Según el buscador, es un pueblo pequeño que solo sobrevive por el comercio y la restauración. Tiene algunas playas que se prevén muy hermosas, pero la verdad es que no tenemos ni la más mínima intención de ir. Además, la escala solo dura medio día, así que nos dedicaremos a ver las tiendas, comprar algún recuerdo y algunas fotos graciosas para el álbum de fotos.

Salimos del camarote y nos guiamos por las miles de indicaciones que tenemos para llegar a los sitios. No tardamos en localizar el restaurante y decidimos que es hora de comenzar a cenar. Pues las tripas nos rugen como si tuviéramos leones dentro.

Doce razones

«Qué vergüenza», manifiesto en mi cabeza.

Después de cenar, vamos a ver el espectáculo que ofrece la compañía y nos vamos a la cama temprano. Como añadido, las tres estamos cansadas y mañana debemos levantarnos a las ocho para poner ver la ciudad con tranquilidad.

Por la mañana me desperezco en la cama extendiendo mi cuerpo por las sábanas. Es una gozada este colchón. El sol entra por las puertas del balcón. Y mirando hacia el horizonte, reflexiono en mi mente.

«Pero que bien he dormido esta noche», comento en mi cabeza.

Tras levantarme, voy al baño y poco después me visto con unos pantalones cortos y una camiseta de flores. Me calzo unas zapatillas de deporte y una mochila es lo que cojo en el último lugar.

Salgo y voy cantarina hasta un restaurante. Hay un montón y hoy hemos decidido que desayunaremos en este. Paso por una piscina y sus tumbonas, que, pese a que me llama como el canto de una sirena, miro hacia otro lado para no sucumbir a la tentación.

Llego al sitio y veo que Clara ya se encuentra. Una voz hace que me pare y miro a la pareja que pasa a mi lado. Podría jurar que se trata del hombre de la cena en el Dans le Noir.

Lo miro sin disimulo de arriba abajo. Como yo no le hablé no puede intuir que soy yo, ¿no? Clara me hace señales y voy hacia ella. La camarera se acerca con rapidez y le pido lo que voy a comer.

No me corto porque sé que esas calorías voy a quemarlas. Claudia llega apurada y al ver nuestros desayunos le dice a la camarera que quiere lo mismo. A las nueve y media desembarcamos en la ciudad y nos disponemos a pasarlo en grande.

—Claudia estás divina de la muerte, pero creo que esas sandalias no son apropiadas.

—Antes muerta que sencilla, Cecilia. Además, tampoco es como si nos fuéramos a pasear toda la ciudad.

—Quien sabe. Mira la energía que tiene Clara, debe quemarla —explico bajito.

Comenzamos a pasear por las tiendas y poco después la plataforma de las sandalias de Claudia decide que hasta aquí ha llegado. Clara y yo no podemos evitar reírnos por las muescas que hace nuestra hermana.

—Reíros, pero esto lo vais a pagar —amenaza conteniendo la sonrisa.

Clara decide que ese momento hay que inmortalizarlo y poniendo el móvil nos hace una foto, donde se ve con claridad la parte que ha pasado a mejor vida. Poco después, buscamos una zapatería donde comprar una sandalia para ella.

Durante el tiempo que estamos en esa ciudad nos hacemos algunas fotos, caemos en la tentación de comprar cosas y en el momento en que el sol comienza a apretar decidimos volver al barco, para refrescarnos y después comer.

A las tres de la tarde el crucero comienza de nuevo la travesía hacia la siguiente ciudad. Las tres alzamos la mano despidiéndonos, como si dejáramos a alguien allí y al acabar, nos vamos a las tumbonas de una de las piscinas para relajarnos.

Doce razones

Pasamos la tarde tomando el sol, bebiendo cócteles y dándonos chapuzones. Y al llegar la noche la verdad es que estamos un poco perjudicadas, Claudia y yo. Clara insiste en que vayamos un show y nosotras la seguimos porque no queremos enfadarla aún más.

Al entrar, vemos al presentador hablando. Siendo sincera, su discurso se parece más aún monólogo humorístico. Estamos intentando encontrar una mesa libre para las tres cuando le escucho decir, que su show debe tener mucho éxito si hasta pasadas de copas viene la gente.

Eso hace que me ponga recta y le mire con cara de mala hostia, aunque la verdad es que comienzo a reírme a carcajadas al ver su cara. Imaginar que veis a un doble de Tom Hanks subido al escenario con la ceja alzada, pose de creído y encima en *smoking*.

«¿Quién lleva smoking en un crucero en plenas vacaciones?» Intento analizar en mi cabeza. Pero solo se me ocurre una contestación.

«Un tonto»

Clara me reprende, mientras que Claudia debe pensar lo mismo que yo, porque está partiéndose de risa. Por fin encontramos una mesa y nos sentamos. Clara se adelanta y le pide dos cafés con hielo para nosotras y para ella un batido de frutas sin alcohol.

La verdad es que el servicio de mesas es muy rápido y eficiente aquí. En eso no tenemos queja. El hombre sigue con lo que parece ser un monólogo y de vez en cuando alguien le dice algo.

El café hace que el alcohol ingerido vaya bajando, aun así, me parto de risa con el doble de Tom Hanks. Estoy por decírselo, pero una mirada fulminante de Clara es suficiente para saber que no debo hacerlo.

—Te estás volviendo una dictadora. Qué lo sepas, Clarita.

Ella me fulmina con la mirada y Claudia aprovecha para meter más cizaña.

—Pobre de nuestra sobrina. La vamos a tener que cubrir en todas sus fechorías…

—Eso es verdad. Porque suficiente tendrá con estar más recta que el palo de la escoba con su madre.

—¿En serio pensáis eso de mí? —cuestiona Clara. Claudia y yo nos miramos y decimos a la vez.

—No… —Clara se relaja y comienza a reírse.

—De verdad que sois de lo que no hay —asegura relajando la cara. Una sonrisa comienza a aflorar en su boca y sabemos que se está conteniendo.

—Vamos a hablar de lo que vamos a ver mañana en Mykonos. Hay que hacer una ruta, porque hay mucho que ver.

—¿Vamos a ir a la playa? —cuestiona Clara.

—Si queréis la podemos visitar un poco. Pero no mucho, porque hay varias cosas que ver —alego y las dos me dan la razón.

Mykonos es una isla que llevo tiempo queriendo conocer, no solo su gastronomía, sino que también sus calles y paisajes.

Después de esa conversación, nos vamos a cenar. Para ser sincera no presto atención a lo que dice el doble del actor estadunidense, aunque al parecer Clara sí, porque se gira hacia él y le dice.

—Sabes, mis amigas tienen razón. Eres el doble de Tom Hanks porque yo no encuentro la gracia por ninguna parte —pronuncia con el tono de la teniente O'Neill.

¿Sabéis esa parte que ella le contesta a su superior y este se queda callado? Pues en ese tono se lo ha dicho. Vamos, que seguro que él se ha hecho popo en los gayumbos.

La cena de esa noche no es para tirar cohetes, por eso las chicas y yo decidimos no volver a ese. ¡Serán por restaurantes! Caminamos hablando de los sitios que queremos ver mañana hasta nuestras habitaciones.

Hemos hablado de que hay que desembarcar lo antes posible, además de que vamos a desayunar en el pueblo. Al meterme en la cama, miro el móvil, pues lo he abandonado desde que subimos de nuevo al barco y encuentro una llamada de Luis y un WhatsApp.

Resoplo, pues no he pensado en él desde que embarcamos en el crucero. Dudo entre leerlo o dejarlo ahí y como no puedo tomar una decisión en ese momento opto por dejar el móvil en la mesita hasta mañana.

«No es que no puedas, es que tienes miedo», asegura mi diabla.

Doce razones

Doce razones

Capítulo 19

Un viaje que nunca olvidáremos.
Parte 3.

Mykonos es una ciudad increíble. Su yogur griego es una gozada. Sus calles y negocios son maravillosos y esas vistas son una auténtica pasada. Le he dicho a las chicas que debemos volver dentro de unos años y hacer el crucero de las islas griegas.

Hay un montón de turistas haciendo ese en particular y todos alaban el tiempo del que disponen para ver todo con tranquilidad. El día es una pasada, pero al subir al barco de nuevo, solo tenemos fuerza para cenar en uno de los buffet que ya conocemos y que, por casualidad, es que está más próximo a nuestros camarotes.

«Me duele todo», reflexiono extendiéndome en la cama con los brazos y piernas abiertas, una vez me he duchado.

Al día siguiente descendemos en Santorini y menos mal que luego tenemos un día de travesía, porque la verdad es que estamos cansadas y necesitamos un poco descansar.

Ese día vamos a coger el autobús para trasladarnos de una ciudad a otra. Intentaremos visitar las tres, pero si al final no pudiéramos porque estamos muy cansadas, visitáremos dos. Fira y Oia, que nos han comentado que son de visita obligatoria.

Ayer y hoy las chicas y yo nos hemos dado cuenta de que hay un grupo de chicos que no nos quitan el ojo. Clara ha sido la primera que se ha aventurado a hablar con ellos. Son de Barcelona, o eso le dijo uno de ellos a Clara.

Doce razones

—Clarita, el tío bueno de ayer, no aparta la mirada de ti —asegura Claudia y yo utilizando un viejo truco cojo el móvil y nos hacemos un selfi. Aunque lo que nos interesa saber es si solo miran a ella o a las tres.

En efecto, tres de ellos están atentos a nosotras, mientras que los otros dos están mirando el paisaje. Claudia, sin cortarse ni una pizca, se levanta y camina hacia ellos. Antes de eso ha marcado uno de ellos y esa es la señal para saber que ese es suyo.

Al regresar, escribe en su móvil y nos lo enseña.

«Hoy tenemos con quien mover el esqueleto», leo y sonrío por la doble intencionalidad del texto.

El día en aquella ciudad no es tan gratificante como el día anterior, no obstante, es una isla muy bonita. Al subir al barco, nos dirigimos a las habitaciones a ducharnos y prepararnos. Las tres vamos a ponernos un vestido de medio muslo. El de Clara ha dicho que será verde, como sus ojos. Claudia ha optado por el dorado y yo por un azul celeste como mis ojos.

Dejo mi melena suelta y en los pies me pongo unos tacones negros, igual que la lencería que llevo bajo el vestido. Al mirarme en el espejo de cuerpo entero me digo.

«Estoy muy buena», revela mi diabla y yo lo confirmo.

Al salir de mi camarote, veo como sale de una puerta próxima. El hombre me mira de arriba abajo y yo me siento poderosa.

—Miguel, qué guapo te has puesto para cenar.

—Lo mismo estaba pensando yo, aunque tú lo estás mucho más.

Doce razones

—Muchas gracias por el cumplido —contesto guiñando un ojo, mientras me acerco a él.

—¿Sabes? Si llego a saber que estás al lado mío, te hubiera pedido ayuda.

—Pues ahora ya lo sabes, puedes venir y pedirme todo lo que quieras —revela agarrando mi cintura.

En el momento que me planteo mandar la cena a la mierda e ir a disfrutar del postre, de manera figurada, claro, somos interrumpidos por sus amigos y poco después por mis hermanas.

—Veo que tienes hambre, hermana. Vamos antes de que decidas dejarnos sin nada para comer.

—Eso nunca —aseguro abrazándolas—. ¡Vamos!

La cena es muy divertida y nos reímos muchísimo. Los chicos por lo visto son amigos desde hace años y llevaban organizando este viaje desde antes de la pandemia. Miguel no pierde oportunidad en preguntarme a qué me dedico. Le explico que voy a abrir una pastelería un poco especial y él escucha con atención lo que le explico.

Miguel es encargado en una fábrica de despiece. Sergio es profesor de educación física en un colegio, este es el que está interesado en Claudia. Fran es médico y es el que está interesado en Clara. Jaime y Julián son abogados. Estos últimos tienen pareja.

Al terminar de cenar nos vamos a la discoteca. Nos pedimos unos mojitos, la verdad es que, entre la música, la bebida y la compañía, me siento muy bien. Miguel baila muy bien, y la bachata ni digamos, aunque yo no me quedo quieta. Este chico no sabe quién soy.

Doce razones

Lo dejo perplejo, ante mi provocativo baile y al final consigo lo que llevo buscando un rato. El hombre me pega a su pelvis y nos meneamos cuál, Mark Antony y Jennifer López.

Entre balanceos, caderas y movimientos sensuales nos provocamos hasta que ambos no podemos más. En una de las vueltas me deja de espaldas y susurrando en mi oído me dice que le gustaría mucho terminar el baile en otro lugar.

Le digo que sí, y unos minutos más tarde, después de habernos despedido de nuestros amigos, estamos camino hacia los dormitorios.

Excedemos mi puerta y al llegar a la suya, la abre dejándome pasar. Su pecho se pega a mi espalda y su miembro queda entre mis glúteos. Su boca comienza a besar y morder mi cuello. Gimo sin remediarlo. Meneo mi cuerpo como si estuviéramos bailando como hace un momento y en cuanto puedo me doy la vuelta quedándome frente a él.

No pierdo oportunidad y desabrocho la camisa. Mi amante me besa con fervor, mientras que baja la cremallera del vestido. Tiro su camisa al suelo y comienzo con el pantalón. Mi vestido cae al suelo y me quedo con un sugerente conjunto de lencería.

Aprovecho la forma que me mira para dar una vuelta y lucirme.

—¿Te gusta lo que ves?

—Me gusta tanto que me tienes casi al límite —asegura acercándose. Veo como toca su largo falo y sonrío en mis adentros.

—Ven aquí, Miguel, y demuéstrame que tal mueves tu espada.

Doce razones

—Claro que sí, rubia. Y te voy a atravesar con ella, muchas veces. —Promete cogiendo una caja de condones de la mesita.

Libero mis pechos del sujetador y cuando dirijo mis manos al tanga, mi amante me sorprende agachándose para chupar. Abro las piernas por inercia y el hombre aprovecha para ahondar aún más.

Gimo alto del placer que me embriaga. Poco después mi amante retira la última prenda y se pone de pie. Nos besamos y los dos caemos en la cama. Noto como introduce su mástil en mi canal y como este se abre gustoso.

Miguel se pone encima de mí y sale con lentitud para volver a entrar en un golpe. El hombre sabe lo que hace porque no tarda en bombear con fuerza. El primer orgasmo no tarda en llegar para ambos, pero eso no significa que tengamos suficiente.

No sé las horas que llevamos follando como si fuéramos conejos, pero cuando mi amante se duerme, aprovecho para escabullirme de su cama. Vestirme sin hacer ruido en un dormitorio a oscuras es una tarea un poco complicada, no obstante, lo consigo.

Sé que irme de su habitación está mal, pero joder, muchos hombres lo hacen.

«¿Por qué no yo?», cuestiono en mi cabeza dándome la razón.

Al abrir la puerta miro por última vez al hombre que ha logrado que llegue al orgasmo incontables veces para lanzarle un beso, acto seguido me marcho a la mía. Lo primero que hago es ducharme y una vez estoy en la cama escucho un zumbido procedente de mi móvil.

Doce razones

No tengo aún sueño, por lo que miro de que se trata. Es tarde serán las cuatro o tal vez las cinco de la mañana. Las chicas y yo no hemos quedado en nada, por ello cuando me levante, desayunaré algo y me iré a la piscina.

En el móvil veo que tengo dos mensajes de mi padre, tres de mi tía y cinco de Luis.

Desde el otro día no he abierto sus mensajes. He optado por pasar de él, pero parece que no se da por vencido. Al final serán ciertas sus palabras y no va a dejar que me olvide de él.

Decido abrirlo de una vez para ver qué me dice.

Luis: Preciosa te extraño. Me haces mucha falta Cecilia. ¿Por qué la vida es así?

Luis: Christian me ha dicho que tal vez no tengas cobertura. Pero yo sé que eso es imposible.

Luis: ¿Por qué no me respondes? Puedes decirme yo también te extraño u otra cosa. No vale mandarme a la mierda, aunque en tu cabeza seguro que lo estarás haciendo. ¡Dios! ¿Qué hago si mi cabeza y mi polla solo te quieren a ti?

Luis: Preciosa, estoy seguro de que no me contestas porque estarás con algún italiano o griego disfrutando de ese viaje. Yo debería estar ahí, debería ser yo el que esté taladrando tu canal y no otro. ¡Hostias!

Luis: No sé quién diablos eres, tampoco me interesa. Soy Patricia, la mujer de Luis y nunca le daré el divorcio porque no quiero que sea feliz. Búscate a otro que te la meta bien adentro. Este es mío y solo mío.

El usuario te ha bloqueado. Ahora no puedes mantener ninguna conversación.

Doce razones

Los dos están mal de la olla, por ello, opto por bloquearle yo también. Anda y que le jodan. Tiene una mujer que está como una chota y yo quiero gente cuerda en mi vida, no alguien por la que tenga que estar preocupándome.

Para eso, en un futuro voy a tener un bebé. Alguien que dependa de mí veinticuatro horas, siete días a la semana. En fin, decido dejar el móvil y dormirme unas horas.

Pasadas las doce y media unos golpes en la puerta me despiertan. Vestida con el camisón abro sin mirar. Claudia entra como un vendaval.

—Cecilia, ¿se puede saber qué has hecho? —miro sin entenderla y ella suspira—. He recibido una llamada de Luis, ¡está furioso!, dice que le has bloqueado el número.

—Espera, por favor, más lento —pido.

—¿Qué espere? Tú flipas. ¿Dónde está tu móvil? —pregunta y señalo el dispositivo.

Claudia se sabe el código por lo que lo abre sin necesidad de decírselo. Cierro la puerta y me siento en la cama y froto mis ojos hasta que escucho.

—¡Aquí está! —exclama como si hubiera encontrado la cura contra el cáncer.

—El qué —respondo más perdida que Dory fuera del agua.

—Pues que va a ser, la prueba. Anoche te escribió la mujer de Luis y ella fue la primera que te ha bloqueado.

—Ya lo sé. Y luego le bloquee yo. Yo quiero tranquilidad y gente cuerda en mi vida, y ellos no creo que lo sean. Supongo que lo mejor es mantener las distancias con ellos dos, es lo más coherente que puedo hacer.

Doce razones

—¿Quién eres? ¿Dónde has dejado a mi amiga? —cuestiona Claudia alucinando.

—Soy yo. Ayer tuve un sexo increíble y cuando vi todos esos mensajes, decidí que hombres que te den fantásticos orgasmos hay muchos, así que porque sufrir y llorar por uno que tiene una cadena en su dedo.

—Que sepas que estoy flipando contigo. Me acabas de dejar sin palabras.

Decido vestirme e ir a desayunar, puesto que ya estoy despierta. En el restaurante engullo como una gorrina y al terminar nos vamos a la piscina. Me he puesto el bikini que según Luis dijo que debería ser ilegal y es que quiero que otros me lo digan lo buena que estoy y me coman con la mirada.

Comienzo a hacer unos largos, pero soy interrumpida por Miguel.

—Preciosa. ¿Por qué te fuiste de mi cama?

—No cogía la postura —indico sin dar detalles.

—Vaya... y yo que pensé que te había dejado extenuada. —revela acercándose a mí y poniendo sus manos en mi cintura.

—Casi. Pero no te preocupes, que si quieres repetir en estos dos días. Por mí no hay problema —comento pegando mis pechos a su torso.

—Lo celebro, luego te veo rubia sexy —expone antes de besarme con fervor.

Nada más alejarse, comienzo a nadar de nuevo. Este intercambio de palabras ha hecho que mi temperatura

Doce razones

corporal aumente. Salgo del agua cuando comienzo a estar más arrugada que una pasa.

Tomando el sol me encuentra Clara y por su cara sé que esta noche le ha dado bien a la zambomba.

—Clarita... ¿Qué tal la clase musical?

—Maravillosa. No veas lo bien que se le da.

—Eso es genial, no hay nada mejor que una persona que sepa tocar bien un instrumento.

—Pues sí. Creo que mientras el embarazo me lo permita, voy a seguir disfrutando de otros más —manifiesta con un guiño.

Doce razones

Capítulo 20

Un viaje que nunca olvidáremos.

Parte 4.

Nos encontramos desayunando cuando les expongo a las chicas mis planes.

—Yo tampoco voy a desembarcar, me duelen hasta las pestañas —expone Clara, la cual se nota que está muy cansada.

—Tal vez si no jugaras tanto con el médico por la noche, esto no te pasaría.

—¡Ni loca! ¿Y perderme su experiencia? Además, no veas como me enciende. Me mira y las bragas se me desintegran —confiesa sin vergüenza.

Claudia y yo nos reímos a carcajadas ante ese comentario. Pero ella sigue tan digna.

—Hay que ver lo mucho que te gusta este hombre. —manifiesta Claudia y yo sé por donde van los tiros.

—Sí, su cuerpo, por supuesto, su extremado y grueso miembro y sus manos. El resto no —resuelve, pero es interrumpida por el implicado.

—Buenos días… A mí también me encantan otras cosas de ti, preciosa —manifiesta antes de darle un beso en la curva del cuello.

Clara se queda patidifusa y tarda un poco en reaccionar.

—Que bueno que a cada uno le gusten cosas…

—Claro que sí.

Doce razones

El chico se va y las tres estamos de acuerdo en no bajar, para poder descansar y tomar el sol. Después de eso, vamos a los camarotes para ponernos los bikinis. Media hora después nos encontramos tomando el sol en la piscina.

Los chicos al parecer han bajado a conocer Bari, aunque no creo que tarden mucho, pues el crucero se marcha a una y media. Tiene programado la llegada a Venecia a las diez de la mañana.

Son las dos de la tarde y el barco hace poco que zarpó del puerto siguiendo su ruta por el mar Adriático. Nos encontramos comiendo cuando nuestros móviles comienzan a sonar.

Se tratan de los chicos. Por lo visto han desembarcado en Bari y no tenían pretensión de volver a subir. Van a hacer una ruta por Italia desde abajo hasta arriba y quieren que les esperemos en una semana en Venecia.

—¿Pero estos tíos que se han pensado? —comenta Claudia dando voz a los pensamientos de las dos.

—Eso mismo estaba reflexionando. Nos hemos conocido, hemos tenido unos intercambios sexuales, y ahora esto. ¿Pero qué se creen que son?

—Chicas, pero decirme una cosa. ¿No consideráis que nos están tomando el pelo? —indaga Clara—. Esta mañana se ha acercado a nosotras Fran y no ha dicho nada. Para ellos solo somos unas chicas con las que han tenido sexo y quieren que siga siendo así.

—Ya, pero es que nosotras decidimos, cuando, como y con quién. Y fíjate que ahora no me parece ya un Dios al que tenga que adorar.

Doce razones

—Pues yo tampoco —añade Claudia—. Yo estoy con Cecilia. Les vamos a contestar que se lo pasen muy bien y que si en algún momento de la vida nos volvemos a ver que muy bien. Y que mientras les vaya muy bonito.

—Perfecto, vamos a redactarlo.

Las tres nos ponemos a teclear lo mismo en el mensaje para ellos. Aunque lo hago porque tengo educación, no porque albergue algún sentimiento por él.

Por la tarde, resulta que hay una Máster Class de Zumba y las chicas y yo no lo pensamos al apuntarnos.

Observo a la gente y decidimos entremezclarnos en el centro. No obstante, estamos por comenzar la clase cuando veo llegar dos hombres, que están como un queso. Se ponen en los extremos y el entrenador comienza con la clase.

Ignoro las miradas que me prodiga el profesor, que además creo que es el mismo del restaurante de Madrid. Por lo menos su tono de voz es el mismo. Al final termina por acercarse a mí y pegarse en mi espalda.

Susurra como tengo que hacer el movimiento, porque según él, lo estoy haciendo de forma incorrecta.

—Mira, de este modo —expone y acto seguido mueve a su antojo mi pelvis.

—Muchas gracias por esta demostración —manifiesto en un tono neutro.

El hombre me mira con una intensidad inusual, pero desaparece tan rápido como vino.

«Será que me escuchó hablar en el restaurante», reflexiono en mi cabeza.

Doce razones

Noto un leve mareo, por lo que opto por alejarme y beber un poco de agua. Minutos después la clase termina y las chicas llegan hasta mí.

—¿Qué te pasa?

—Me he mareado y he venido a beber agua.

—¿Y eso?, ¿estás bien? —cuestionan las dos.

—Sí, no sé. Es la segunda vez que me siento así.

—¿La segunda? ¿Cuándo fue la primera?

—En mi casa. No te preocupes, ahora se me pasa.

—¿Segura?

—Segura.

Minutos después, el mareo no se me ha ido y encima en ese momento tengo unas ganas de vomitar que no veas. Corro como puedo a mi camarote, con las chicas y al llegar vacío mi estómago por el retrete.

—¿Te encuentras mejor? —pregunta Claudia.

—Sí. No sé qué ha pasado, la verdad.

—Algo que te ha sentado mal —inquiere Clara.

Al final lo que resta de viaje lo pasamos en el cine, viendo una película de acción. El jueves por la mañana cuando llegamos a Venecia. Recogemos nuestras pertenencias y nos despedimos el capitán y de los tripulantes.

Nada más salir del puerto, Claudia nos dice que vamos andando al hotel, que tiene reservado. Clara y yo nos extrañamos, pues se nota que esta zona es de mucho dinero. Veinte minutos después llegamos al hotel.

Doce razones

Y tardo dos segundos en sumar dos más dos.

—¡Este es el hotel de tu amigo!

—Claro, y nos ha reservado tres maravillosas habitaciones con vistas al canal, que van a ser las delicias de nosotras.

—Madre mía, Claudia. Yo no tengo amigos así... —asegura Clara impresionada.

—Anda mi madre, ¿y nosotras que somos? —cuestiona girándose—, déjalo, no me contestes, venir que os lo presento.
—Según nos vamos adentrando en el jardín nos quedamos alucinadas. Todo es insuperable y el ambiente es de tranquilidad total.

El gerente se acerca nosotras con una sonrisa de oreja a oreja y nos saluda con efusividad.

—Sois bienvenidas al pequeño negocio que regento. Espero que las habitaciones que os he reservado sean de vuestro agrado. También quiero deciros que podréis disfrutar de una hora en el spa, para esta tarde y a continuación tendréis el masaje especial de la casa. Es un regalo mío, el cual para vosotras no tiene coste. Espero que en estos tres días gocéis mucho y si necesitáis algo, no dudéis en pedirlo.

Giovanni, que es como se llama, se despide de nosotras y por último de Claudia, la cual está encantada por las atenciones que le ha prodigado.

Un botones nos acompaña a nuestros aposentos. La habitación es simplemente increíble. Me he quedado sin palabras. La cama es de tamaño XXL y el baño es un sueño hecho realidad.

«Tengo que reformar el mío con urgencia», afirmo en mi cabeza al ver todo.

Doce razones

Coloco la ropa en el armario porque no deseo que nada de lo que voy a ponerme esté arrugado y al terminar voy a buscar a las chicas. Las tres juntas nos vamos a ver la Plaza de San Marcos, es preciosa. Nos realizamos fotos por un tubo y algunas supergraciosas.

El hambre comienza a hacer acto de presencia en nuestros estómagos, por eso decidimos ir a comer una pizza que nos han dicho que está de muerte. El restaurante es muy acogedor y tenemos suerte, pues quedan pocas mesas vacías.

Refrescos para todas y dos pizzas de tamaño familiar son el pedido que hacemos al sentarnos. El camarero divertido asiente con la cabeza antes de irse. Nos hubiera gustado pedir una que lleva salmón ahumado, pero claro, Clara no puede comerlo, por el embarazo. El mesero trae primero las bebidas. Y poco después la primera de las pizzas. La calzone.

La pinta que tiene hace comience a salivar mucho más. Clara no pierde el tiempo y coge el primero de las porciones. Segundos después, somos Claudia y yo nos lanzamos al ataque. Nos quedan un par de porciones cuando nos traen la segunda. Siete formaggi[2].

La verdad es que, al terminar, estamos tan llenas que apenas podemos movernos, pero Claudia nos recuerda, que tenemos hora en el spa y que tampoco lo íbamos a hacer.

—Menos mal, iba a quedar un poco mal si os digo que necesito sentarme cada media hora —manifiesta Clara y todas nos reímos.

Al llegar al hotel es la hora de la cita, por lo que vamos directamente. En la entrada nos facilitan unos bikinis y un albornoz, además de unas pantuflas. Nos explican el

---

[2] Quesos en italiano.

recorrido que debemos hacer y cuáles podemos omitir o repetir.

También nos informan que al terminar tenemos un masaje especial para cada una. Al ponernos los trajes de baño, salimos y comenzamos el circuito. Una hora después estoy tumbada en una camilla a la espera del masaje.

El masajista entra en la estancia, se presenta como Pietro. Su voz es aterciopelada y sexy. Comienza a masajear con lentitud mi espalda y al llegar a la zona lumbar comienza a derramar un líquido de abajo hacia arriba.

Lo extiende por toda la superficie y masajea con cuidado, pero haciendo presión en los puntos necesarios. Me relajo de tal modo que incluso me quedo adormilada. El profesional me indica que ya ha terminado, pero me pide que me quede tumbada unos minutos para evitar que me dé un vahído.

Minutos después comienzo a darme la vuelta para quedarme de lado. Poco a poco me incorporo y al estar sentada bajo de la camilla y me envuelvo en el albornoz de nuevo.

Camino hacia mi habitación como si estuviera flotando, mi estado de relajación es algo asombroso. Debo agradecerle al gerente este masaje, pues me ha sentado genial. En mi dormitorio me visto con un vestido verde que es cruzado y por supuesto me llega a medio muslo.

Me encanta enseñar mis piernas y más con este moreno que me sienta tan bien. Mis pechos se ven apetitosos con la lencería que he elegido. Mi pelo está más rubio y largo, por lo que decido hacerme unas ondas desde la mitad, hasta las puntas. Un maquillaje sutil y aplico en mis labios un brillo.

Doce razones

Me miro en el espejo y lo que veo me gusta. Espero encontrar esta noche a alguien que me saque a bailar, porque mi cuerpo pide guerra.

Horas más tarde, disfruto de una bachata sensual, caliente, con un amigo de Giovanni que se llama Massimo. El hombre exuda sexo por cada poro de su cuerpo. En varias ocasiones nos hemos rozado con dobles intenciones.

Claudia creo que sucumbirá a las atenciones de Giovanni y Clara, la verdad es que también se encuentra muy bien acompañada. Entre bailes, veo como mi amiga con todo el descaro acaricia el pecho del hombre, el cual desconozco su nombre.

La tensión sexual de ambos llega hasta donde nos encontramos nosotros. Massimo y yo decidimos sentarnos un poco, pero solo encontramos un puf, por ello el italiano no duda en sentarse e instarme a sentarme en su pierna.

«Ahí no quiero sentarme, pero pronto lo vas a saber», quisiera decirle, pero opto por sentarme sin decirle nada.

Nada más posicionar mi trasero encima de su paquete, noto un músculo muy duro y largo. El hombre si se ha sorprendido para nada se ha notado, pues ha tardado nada en abrazarme por la cintura con un brazo. Mientras que con la otra ha apartado mi melena.

—¿Sabes que me gustas más que el tiramisú?

—¿Sí? —cuestiono con una voz sexy—. Pues yo te quiero hacer una propuesta. Giovanni me ha dicho que eres un repostero muy respetable.

—Eso es muy verdad, ¿quieres que te enseñe?

—Por supuesto.

Doce razones

—¿Y cómo vas a pagarme? A mí se me ocurren unas cuantas ideas...

—Eso lo podemos discutir, mientras yo te enseño otras cosas que sé hacer muy bien... piensa que es un intercambio.

—Me gusta la idea. Tengo mucha curiosidad. ¿Nos vamos ya?

—Me parece bien.

Doce razones

Doce razones

Capítulo 21
En una colaboración todos ganamos

Massimo y yo llegamos a mi estancia con la ropa puesta, de pura suerte. En el coche casi me arranca el tanga, pero el taxista nos ha llamado la atención. ¡Qué corta rollos es la personal a veces!

En el ascensor, la gente que debería estar ya durmiendo, pues son las cuatro de la mañana, aún están despiertos.

—¿Por qué todo el mundo se ha confabulado en nuestra contra? —susurro en la oreja de Massimo y él se ríe antes de apretarme el trasero sin cortarse un pelo.

Nada más cerrar la puerta salto como un león sobre mi presa. Menos mal que mi amante tiene unos buenos reflejos y me coge al vuelo. Acto seguido nos comemos la boca con una pasión fuera de lo normal.

Mi centro está más caliente que el volcán de la palma en estado de erupción, por ello no pierdo el tiempo en que me penetre en cuanto posee el gorrito en su espectacular falo. Pero el italiano tiene otros planes, pues se pone a desnudarse con una parsimonia que me deja anonada.

—Todo a su tiempo, bellissima[3]

Al quitarse el calzoncillo que cubre su miembro, mis ojos se abren con desmesura y él sonríe con superioridad.

—Te gusta, ¡eh! Más lo vas a disfrutar, princesa.

---
[3] Proveniente del italiano: significa bella.

Doce razones

—Pues ya estás tardando... —expongo abriendo mi vestido.

Al italiano se le abren los ojos como a mí antes y me tumbo sobre la cama solo con el conjunto de lencería. Massimo se inclina y comienza a besar mi piel, sus manos suben por los laterales de mi cuerpo y al llegar al sujetador lo abre sin dificultad, puesto que es un cierre central.

Aprisiona un pecho, mientras que succiona el otro. Gimo sin vergüenza alguna. Su lengua hace su aparición haciendo que mi cuerpo se arquee. Siento un placer enorme y sin una pizca de vergüenza muevo una de mis manos para agarrar su enorme y largo falo.

Massimo gime y deja el pecho que ha estado atendiendo para dirigirse al otro. Se posiciona encima de mí y sin perder más el tiempo le sitúo en el centro de mi canal. Mi amante de un movimiento se introduce en mi canal para comenzar un lento vaivén.

Con mis piernas encima de su trasero le insto a que me penetre a una mayor velocidad, pero él no hace caso de mis peticiones. Besa mi cuello, mis labios, pronuncia palabras en italiano que no tengo ni la más remota idea de lo que dice y cuando estoy a punto de rogarle, se sienta sobre sus talones y cogiendo mis muslos comienza un ritmo infernal.

—¡Oh! ¡Sí!

La cara del italiano no tiene precio, es de pura ambrosía. Muevo la cabeza de un lado para el otro hasta que noto como toca mi botón mágico. Una corriente eléctrica asciende por mi cuerpo hasta la punta de mis areolas y sin que pueda remediarlo me corro con la fuerza de un huracán.

Doce razones

«¡Dios mío!», exclama mi diabla exhausta. «Este hombre sabe lo que hace» manifiesto en mi cabeza.

—Bella, eres pura ambrosía y quiero saborearte entera.

—No te voy a decir que no a esta proposición siempre y cuando me enseñes como hacer el auténtico tiramisú.

—Por supuesto que te voy a formar, con lo mucho que voy a gozar contigo.

—Ya somos dos —pronuncio antes de acercarme a él y tocar sus pectorales.

El cuerpo de este hombre está hecho para el pecado. Su cara es cautivadora, su torso es una obra de escultura y su verga, joder, eso supera a mi querido consolador y eso que hasta hace unos meses con eso me bastaba.

Toco su cuerpo con admiración, mientras noto como el libido de él vuelve a subir. Sin embargo, antes de que me la vuelva a meter, su lengua se ocupa de que llegue al mismísimo cielo.

Toda la noche la pasamos enredados entre brazos, piernas, penetraciones y todo tipo de posturas. Este hombre supera con creces a Luis.

«¡Mierda, ya he vuelto a pensar en él!, olvídate de su existencia», reclama mi subconsciente, pero para mí es inevitable.

Massimo por fin se ha dormido y yo estoy a punto cuando me llega un mensaje, el número no lo tengo guardado, no obstante, la curiosidad hace que lo abra, puesto que es una canción.

Se trata de un cantante que nunca he escuchado. Fran Silva y su canción, la ecuación.

Doce razones

Algo en mi interior me dice que la escuche. Por eso busco mis cascos y me siento en el banco que hay frente a la cama.

Escucho la canción y aunque no me ha dicho quién es, sé a la perfección de quien se trata. Luis.

Me siento mal, las lágrimas surcan mis mejillas, aun así, escucho la canción. Cuando acaba voy al baño y me lavo la cara. El espejo me refleja y no me reconozco yo al cien por ciento.

«¿Por qué?», cuestiono y mi diablesa me responde. «Porque lo haces por despecho»

Asiento en mi cabeza y me doy cuenta de que este no es el camino que quiero continuar. Dentro de dos días volveremos a Málaga, mientras voy a disfrutar sin reprochármelo.

Salgo del baño y camino hacia la cama. Dejo el móvil en la mesilla y minutos después me duermo. Despierto por el sonido incesante del teléfono, pero no es el mío.

«¡De quién diablos es!», reclamo y noto como se mueve la cama.

—Perdona, bella. Es del trabajo —anuncia antes de ponerse a hablar.

El italiano buenorro, se levanta desnudo como le parieron y se pone a hablar.

No entiendo ni papa de lo que dice, pero oye, qué bonita se ve hablando en italiano, aunque se nota que está reclamando o echando una bronca al otro interlocutor. Ya no puedo dormir a pesar de que solo hemos dormitado unas cinco horas o quizá algo menos.

Remoloneo en la cama mirando las redes y descubro que tengo un seguidor nuevo. No se le ve la cara en ninguna de

Doce razones

las fotos, pero esa espalda y esos oblicuos los conozco a la perfección. Es Luis.

Le sigo de vuelta y le envío un mensaje privado.

Cecilia: ¿Siempre te sales con la tuya? Esos músculos los conozco a la perfección. ¿Sabe la dueña de tu alianza que andas jugando a dos bandas?

Luis: Esa mujer a la que te refieres, será muchas cosas, pero de mi corazón ya te digo que no. Sabía que no ibas a olvidar de mí, ni de mis músculos.

Cecilia: ¿Sabes que no has contestado a todo?

Luis: ¿Sabes? Tengo una mujer que es muy impertinente y se ha propuesto amargarme la existencia. Por suerte encontré un sol que me da calor y sobre todo me hace creer que algún día seré feliz con ella.

Cecilia: Sabes que no seré yo.

Luis: Con acompañarla en su camino, para mí es suficiente. ¿Me dejarás?

Cecilia: Ya veremos.

Corto la conversación y miro las fotos que ayer subimos. En una de ellas estamos las tres parejas y abro los ojos ante los comentarios que ahí.

—Sí, bella. Esa es la emergencia. —expone Massimo vestido con el slip—. Debo ir a apagar el incendio que se ha producido. Por la tarde te llamo y te digo la hora para enseñarte el mejor tiramisú de Italia.

—Te tomo la palabra. Y perdóname si te he metido en algún problema. La verdad es que lo desconocía.

Doce razones

—No pasa nada. Eres un amor de mujer y no veas lo bien que sabes. Ojalá podamos despedirnos antes de que os vayáis.

—Yo también lo espero. Eres un amante magnífico.

—Tú también lo eres. Arrivederci, cara[4]

Tras la marcha de Massimo, continuo unos minutos más en la cama, hasta que tocan la puerta.

—¿Quién?

—Señorita, servicio de habitaciones de parte de Massimo —responden desde el pasillo.

Abro la puerta tras haberme puesto una bata y el camarero entra con un carrito portando mi desayuno. Una nota con mi nombre me llama la atención y en cuento el camarero se marcha, no pierdo el tiempo y la leo.

"Cara, me has hecho pasar una noche inolvidable. Eres una mujer que cualquier hombre sería muy afortunado de tenerte en su vida. Te espero hoy en mi restaurante a las siete. Prometo enseñarte mi famoso tiramisú, en compensación por tu maravillosa compañía"

Me quedo maravillada por sus palabras y me alegro de que no sea el típico engreído. No espero más y tomo el café para comenzar a desayunar. En un plato se hallan cornettos[5] rellenos de todo tipo y por supuesto el cappuccino.

Tras terminar me visto y me voy a hacer un poco de turismo. El puente de Rialto está un poco lejos, pero quiero

---

[4] Proveniente del italiano: significa adiós querida.
[5] Proveniente del italiano: son parecidos a los croissant, aunque en verdad no lo son.

verlo y sobre todo pensar un poco. El paseo me vendrá muy bien y estoy segura de que me irá bien.

Antes de salir, mando un mensaje en el grupo que estamos las tres y explico mis intenciones. Vestida con unos pantalones cortos y una camiseta con un hombro al descubierto y una bandolera donde he guardado mis cosas. En mis orejas porto los auriculares inalámbricos y activo Spotify con el cantante que me mando Luis.

Sus canciones son bonitas y se nota que pone ganas en su sueño.

«Como yo con mi negocio», manifiesto en mi mente.

El camino me sienta de genial. Y el puente es una maravilla. Me hago fotos con el fondo del canal y una de ellas le pido a otro turista que me haga una foto. Subida al bordillo con una pierna doblada y mirando al horizonte. La verdad es que está espectacular y la subo al Instagram con un mensaje oculto.

"El pasado, atrás quedó. El futuro es incierto. El presente es un regalo que hay que aprovechar"

No tarda mucho en llegar un comentario que hace que sonría.

"Como me gustaría estar en cada uno de ellos" el comentario proviene de la cuenta "fantasma" de Luis.

Mis hermanas contestan poco después, comentando lo guapa que estoy y la belleza de la imagen. Tras eso, camino por los puestos que se encuentran por ahí e incluso decido comer en un restaurante pequeñito, pero muy acogedor, donde como unas albóndigas junto con una ensalada capresse[6] al aproximarse la hora de mi cita, decido coger un taxi, puesto que no sé llegar.

El conductor con amabilidad inicia una conversación muy amena y es que le gusta mucho España y en especial el sur de Andalucía. Pago la carrera y me acerco al restaurante. Aún está cerrado, no obstante, no tarda en aparecer la persona indicada.

—Bienvenida, Cara —indica haciéndome pasar—. Pasa por aquí, que te enseño todo antes de ponernos en marcha.

—Muchas gracias, es un sitio muy bonito.

—No más de lo que eres tú —expresa antes de guiñarme un ojo y pasar un brazo por mi cintura.

El restaurante es magnífico y la cocina es el sueño de cualquier chef. Los ingredientes ya los tiene en una mesa de trabajo y me indica que lo mejor es hacer poco y quedarse sin ellos, porque eso creara expectación que hacer mucho y no venderlos todos.

Mientras me habla me va explicando como lo hace y yo que estoy de alumna total, he sacado la libreta donde anoto todo. Si tengo alguna pregunta se la hago. Prefiero pasarme que quedarme con dudas.

Estamos tan enfrascados en la tarea que me asusto cuando los empleados comienzan a llegar. Saludan al jefe primero y después a mí con un poco de desconfianza. El segundo al mando aparece y me saluda con una confianza que me abruma.

---

[6] Proveniente del italiano: ensalada típica de la región de Capri, la cual lleva: tomate cortado en rodajas, queso mozzarella en bolas, hojas frescas de albahaca, aceite de oliva y sal.

Doce razones

—No te preocupes, es mi hermano. Es más intenso que yo —manifiesta acercándome a él—. Déjala en paz. Es una dama.

—Vale, vale. Entiendo... y después le dice algo con recochineo en italiano, que por supuesto no entiendo.

Más tarde me despido de Massimo con un poco de tristeza, pues le ha surgido un viaje y se marcha esa misma noche, aunque entre los dos, queda grabado el recuerdo de una bonita amistad y porque no de la noche de pasión entre los dos.

Doce razones

Doce razones

Capítulo 22

Sorpresas al regresar.

Cae la noche en la urbanización cuando llegamos. Claudia para primero en la puerta de mi casa y bajo. Ella me ayuda a sacar la troley y el bolso que he tenido que comprar, pues ciertas prendas se negaban a entrar en la maleta.

Sí, lo confieso, he adquirido demasiadas cosas. Aunque no he sido la única que le ha pasado. Todas hemos sucumbido a las grandes tiendas italianas.

En mi caso he comprado de todo, no solo ropa. Zapatos, bolsos, maquillaje, y lencería han sido algunos de los artículos que no podía dejar en el estante. ¡Qué le vamos a hacer!

Entro en casa seguida de Claudia y apago la alarma. Todo se encuentra en un silencio extremo y estoy tan cansada que le pido a mi hermana que lo deje en el salón. En el aeropuerto hemos comido un bocadillo, por lo que solo tomaré un vaso de agua y me iré a dormir.

Mi amiga se marcha y yo me dirijo hacia la habitación para coger un camisón. Una ducha es lo que necesito en este momento. Minutos después bebo agua mientras ojeo el móvil. Una llamada de un número desconocido me entra cuando voy a dejarlo.

—¿Sí?

—Hola, preciosa.

—Hola, Luis. ¿Por qué me llamas?

—¿Ya has llegado a casa? —pregunta sin responder.

—Sí.

—Me gustaría verte. ¿Puede ser mañana?

—No creo…

—Te lo pido por favor… —ruega angustiado.

—Vale. Mañana te envío un mensaje.

—De acuerdo. Gracias, preciosa.

Cuelgo la llamada y sin reflexionar me voy a la cama, donde me duermo nada más situar la cabeza en la almohada.

El sol entra por los ventanales con fuerza. Intuyo que es casi medio día por la intensidad. Maldigo mi mala memoria por no haber bajado la persiana. Estiro el brazo y atrapo el móvil. En efecto, no me equivocaba. Son las doce y media.

Salgo de la cama y voy al baño. Tenemos que ir por Mia y Romeo hoy por la tarde. Con una mejor cara, después de quitar las legañas, voy a por mi dosis de cafeína. Otra vez tengo el cuerpo revuelto. Creo que tendré que ir al médico porque ya ha pasado tiempo desde que me sucede.

Después de tomar dos tragos corro como el correcaminos hasta el aseo para vaciar mi estómago. Estoy sacando hasta la primera papilla que comí siendo un bebé. Cuando escucho mi móvil sonar.

«¡Por qué ahora!», manifiesto en mi mente, pues mi boca está ocupada.

Con papel limpio un poco mi boca y después me enjuago con agua. Estoy secándome, en el momento en el que vuelven a llamar.

Doce razones

—¡Por Dios! Darme un poco de tiempo —exclamo caminando a la cocina.

En la pantalla veo que se trata de Clara. Y la vuelvo a marcar.

—¿Dónde estabas metida?

—Es que mi estómago quería vaciar todo en el váter. ¿Qué te ocurre?

—Lo mío no es importante. Sabes que tienes que ir al médico, ¿verdad?

—Sí. Voy a pedir cita ahora.

—Vale, si quieres que te acompañemos nos dices.

—No te preocupes, seguro que no es nada.

La escucho murmurar algo, pero no la alcanzo a entender.

—¿Puedes hablar en castellano? Arameo no lo entiendo.

—Nada, solo son conjeturas mías. Luego nos dices.

—Pero no me has dicho por qué me has llamado.

—Ah, eso. Es verdad. Enciende la televisión —expresa y cuelga.

Decido encender la tele y la primera noticia que sale es la separación de Luis y Patricia ya es casi oficial. Cojo el móvil y llamo al número desde donde me llamó ayer.

—¿Por qué no me lo dijiste? —cuestiono nada más escucho su voz.

—Para eso quería verte. Pero si me abres y te lo explico mirándote a la cara.

Doce razones

Voy a la puerta y la abro. Luis se encuentra con el teléfono aún en la oreja y yo también.

—Creo que ya podemos colgar —anuncia antes de hacerlo.

Sonrío como una tonta, o por lo menos así me siento y le invito a pasar. Vamos al salón y nos sentamos.

—Verás, lo que hizo Patricia contigo, fue lo que me ayudó a que me diera el divorcio. Ella no está psicológicamente bien, de hecho, le han pedido que ingrese en una clínica por su propia voluntad, pero no quiere. Sus padres ahora están con ella.

—Entonces, ya eres un hombre libre…

—Casi. Solo falta que el juzgado ratifique el divorcio, no obstante, es un proceso rápido. Los acuerdos a los que hemos llegado la benefician más a ella, pero no tiene ningún derecho sobre mis negocios.

—¿Tienes más de uno? Aparte del que conocemos.

—Tengo muchos más, no solo aquí en Málaga.

—Me alegro —suelto sin reflexionar—. De verdad que me alegro mucho. Al fin tienes lo que querías.

Ambos nos quedamos mirándonos, la gravedad deja de existir entre los dos, porque cada vez estamos más cerca y justo en el momento en que creo que va a besarme, una arcada provoca que me levante como un muelle y corra al baño.

Llego al váter por los pelos y vuelvo a expulsar lo poco que queda en él. Para mi sorpresa, Luis está detrás de mí acariciando mi espalda. Un rato después me pasa un vaso con agua para que me enjuague.

Doce razones

—Gracias.

—No hay de qué —explica como si no le importara—. ¿Desde cuándo estás así? —cuestiona levantándose.

—Desde hace unos días. Voy a pedir cita en el médico —manifiesto aceptando su mano para levantarme.

—Te acompaño —añade saliendo del baño.

—No hace falta... seguro que tienes cosas que hacer —intento razonar con él.

—Nada es más importante que tú. —Se justifica y yo me quedo sin argumentos y sin saber qué decir de paso.

Camino hacia mi dormitorio y él me sigue. En la puerta le hago un alto, pero es del todo fallido, pues me agarra de la cintura alzándome.

Camina conmigo de este modo, a pesar de que intento bajarme. Lo hace cuando se sienta en mi cama aún deshecha.

—¡Eh! Puedo vestirme yo sola.

—No lo dudo, sin embargo, quiero disfrutar de las vistas ahora que soy casi un hombre libre como tú.

—Luis, ese no es el camino correcto —advierto—, te aconsejo que tomes otro rumbo.

Luis acaricia mis muslos y en el ascenso se lleva el camisón. De pie frente a mí, vestida solo con una braga, acaricia mi cara y me mira como si fuera un tesoro.

—Eres una preciosidad, Cecilia.

Las yemas de sus dedos acarician mi piel, viajan por mis brazos, mi costado, mi pecho. Un jadeo involuntario se escapa de mi boca y mi amante aprovecha para darme un beso que me deja anhelante de más.

—Luego lo terminamos. Ahora debes vestirte e ir al médico —declara apartándose.

—Eres un cabrón.

—No, preciosa. Tú sabes que eso no es cierto —se defiende caminando hacia la puerta, aunque solo se queda ahí, no se marcha.

Media hora después salimos de casa tras activar la alarma. Insiste en ir en su coche porque me quiere llevar a un médico de su confianza. Por más que le digo que eso no puede ser, me pone cara de cachorro abandonado y eso hace que al final acepte.

«Sus artes de persuasión son muy buenas», manifiesta mi diabla relamiéndose por lo que ocurrirá a la vuelta.

En el camino llama a su amigo Juanjo. Este le dice que se encuentra de guardia y que cuando estemos en el hospital le avise. Luis conduce el coche con una calma apabullante.

Me gusta que de vez en cuando me acaricie el muslo desnudo con una caricia casi imperceptible. Es como si no lo pudiera evitar. El hospital parece que es privado y tras aparcar el todoterreno en una plaza, Luis me sujeta de la cintura con posesión.

—Hola tío, Hola Cecilia. Un gusto conocerte por fin. Vamos a mi consulta y me contáis —expone un hombre que creo que es Juanjo, el amigo de Luis.

Caminamos un poco hasta su consulta. Al llegar entramos y tomamos asiento.

Doce razones

—Cecilia, lo lamento, no me he presentado antes y te he tratado como si me conocieras de toda la vida. Mi nombre es Juanjo y soy el hermano de Christian.

—¡Ah! Gracias por aclararlo.

—Llevo semanas escuchando de ti, por eso te he saludado con esa familiaridad. Pero bueno, cuéntame.

—Llevo unas semanas que me siento rara y desde hace una semana vomito varias veces. A veces la comida, otras el desayuno. Por regla general, después me siento bien.

—Bueno... a voz de pronto podría ser dos cosas. ¿Es posible que estés embarazada?

Luis y yo nos quedamos callados. Yo sé que, si puede ser, ¿pero como decirlo y que no piense que se lo quiero endilgar?

—¿Cecilia?

—Sí, es posible —susurro mirando mis piernas.

—Bueno, pues lo primero es hacer la prueba para confirmarlo. Toma este bote y entra en el aseo. Tómate el tiempo que necesites.

Lo cojo y corro hacia el baño. Las voces no tardan en escucharse, no obstante, no son muy altas, como para saber que es lo que dicen.

Hago un poco de pis, pero la verdad no sé si es suficiente. Salgo y veo que Luis se ha ido, me trago las lágrimas y le explico lo que sucede al doctor.

—No sé si es suficiente. No tengo más ganas.

—Sí, no te preocupes. Lo llevo al laboratorio. Estará en nada los resultados.

Doce razones

Juanjo sale de la consulta y yo miro alrededor. Segundos después la puerta se vuelve a abrir y entra Luis con un zumo en la mano.

—Toma. No has bebido nada desde que vomitaste —explica acercándose. Acaricia mi mano y deposita con dulzura el vaso.

—Pensaba que te habías ido… —reconozco a media voz.

—Cecilia, yo no me voy a ir de tu lado, si no me echas tú. —Bebo el contenido del zumo porque no sé qué decirle.

Luis se sienta y me pone encima de sus piernas. Huele mi pelo, el cual me he dejado suelto y lo acaricia con cuidado. En esa tesitura nos encuentra Juanjo cuando entra.

—Bueno, pareja, mientras esperamos los resultados que estarán en una hora máximo que te parece si te hacemos unos análisis.

—Pero me acabo de tomar un zumo.

—No pasa nada. Lo digo en laboratorio.

Una enfermera entra en la consulta portando un carrito.

—¿Qué brazo prefiere? —pregunta con amabilidad.

—Me da lo mismo. —Y le extiendo el que tiene más cerca.

Dos horas después, Luis y yo salimos del hospital.

Doce razones

Capítulo 23

¿Contratiempos?

Las últimas semanas he estado montada en una noria. He pasado de estar feliz y relajada a nerviosa e incluso un poco histérica. Pero vamos, que otra persona se hubiera vuelto loca y estaría ingresada en un hospital de perturbados.

No me burlo de ello, creo que lo único que me ha salvado de esta situación son mis amigas.

«¿Veis insensatos como ellas son mis hermanas?», les quiere decir mi mente. Menos mal que he logrado contenerme. Me seco el sudor de mi frente, porque mi trabajo me ha costado.

Vamos por partes, mi padre me la ha vuelto a jugar, pero bien. No obstante, soy su hija, y, por lo tanto, también sé actuar como ellos, por ello, ahora tengo interpuesta una denuncia contra mis progenitores, por la no devolución del préstamo.

Dicen que, de la gente mala, aprendes a defenderte. Pues es cierto, porque así he conseguido que mi padre me deje legado una empresa que posee más deudas que beneficios, y una mansión que tiene más deficiencias que la mansión encantada. Por suerte no habitan fantasmas... o eso creo porque esa casa debe ser como un mausoleo.

Luis, para mi desconcierto, está acompañándome en este proceso. Mis hermanas ya he dicho antes que son los pilares de mi cordura. Más que nada para no cometer un doble homicidio y por ello mi bebé tenga que nacer entre las rejas de una prisión.

enfrascadas en la remodelación de la habitación para el bebé. Claudia ha declarado que ella se ocupa de los dormitorios de sus sobrinos.

Por lo que la primera en hacer es la de Clara, puesto que está de más de cinco meses.

La primera parada que hago es en la gestoría. Me informan que, al día siguiente, voy a ser oficialmente una mujer autónoma y empresaria y eso me llena de júbilo. La segunda parada es en mi negocio. Reviso todo lo que han entregado para saber que está todo correcto.

Me doy cuenta de que aún faltan cosas por entregar y llamo al almacén para saber qué pasa. Cuelgo la llamada cabreada y segundos después me entra una de Luis.

—Hola, preciosa.

—Hola guapo. ¿Qué tal todo?

—Pues bien. Ya tengo casa, ahora solo tengo que hacer unos trámites y podré mudarme.

—Eso es genial. Yo estoy en mi tienda. ¿Por qué no vienes y te la enseño? Tengo que esperar a que me traigan unas cosas y tienen todo el día.

—Dame la dirección y voy.

—Perfecto. —Cuelgo la llamada después de darle las señas.

Me siento en un taburete, puesto que me encuentro cansada. Estoy pensando en que tendré que contratar alguien que me ayude en la tienda y por supuesto, también para casa.

Doce razones

Estoy navegando por internet en el momento que me doy cuenta de quien me puede ayudar en esta tarea. Sin reflexionar mucho marco a Arancha.

—Hola guapa, no sé si te pillo en un buen momento —indago levantándome.

—Claro que sí, para ti siempre tengo tiempo. Cuéntame —afirma y por su tono de voz creo que se encuentra sonriendo.

—¿Tú conoces a alguien que me pueda ayudar a mantener mi casa limpia? Por una agencia no quiero hacerlo.

—Por supuesto que sí. Tengo a mi hermana que está desempleada y tiene experiencia —revela con diligencia.

—Perfecto. Y otra cosa. También voy a necesitar alguien unas horas en la tienda.

—¿De cuántas horas estamos hablando? Porque mi hermana necesita el dinero mucho. Tiene un hijo de cuatro años, ¿sabes?

—¿Tu hermana ha trabajado antes de esto?

—Ella ha sido limpiadora de oficinas, de casas, dependienta en una cafetería, que más bien era camarera. Ha cuidado a personas mayores… ¿Sigo?

—No por dios, me ha quedado claro que es muy polivalente —explico y ella se ríe.

Lo pienso y al final asumo que no pasa nada porque le haga una entrevista. De todas formas, si es alguien de confianza y además lo necesita, es lo mejor.

—Dile que venga mañana a la tienda a las diez.

—Perfecto. Muchas gracias, Cecilia. Te lo agradezco mucho —agradece emocionada.

—No hay de qué. Se lo tiene que ganar, ¡eh! —declaro como si estuviera bromeando.

—Por supuesto. Te debo un favor.

—No es necesario, recuerda que dijiste que comprarías en mi tienda cada semana. —Le recuerdo medio en broma.

—Es verdad y lo voy a cumplir.

Corto la llamada, en el momento que entra Luis en la tienda. Mira todo y sonríe como si le gustara lo que ve.

—¿Y bien?, ¿qué te parece? —cuestiono intrigada.

Luis mira algunos pósteres con curiosidad. Creo que se está haciendo el interesante.

—Me encanta, pero hay algo que te falta y que es muy importante. —Lo miro sin comprenderlo y entonces me dice. —El rótulo de la calle.

Me llevo la mano a la cabeza, pues se me ha olvidado por completo.

—¡Mierda!

—No te preocupes, yo lo arreglo y además será mi regalo.

—¿En serio?

—Por supuesto. Tengo un amigo que es un hacha en eso. ¿Tienes ya nombre?

—Claro. Es de las primeras cosas que tuve claro. La tienda se llama, *Sweets and more*.

—Es muy apropiado. Me gusta. Espera que le llamo y así le dices los colores que te gustan y el email para que te envíe los bocetos.

Doce razones

—Me parece bien.

Nos sentamos cerca del mostrador y Luis realiza la llamada.

—Hola chaval, ¿Qué tal te trata la vida?

—Pues no me quejo... oye escuché que por fin te divorciaste.

—Sí... Oye te llamo porque necesito que me hagas un letrero, ¿tienes mucho lío?

—Para ti siempre. ¿Has abierto otro sitio?

—No, es para la tienda de dulces.

—Con qué dulces, ¿eh? Vamos, que es de un ligue. —Tal como lo dice, parece que soy una más en la lista de conquistas de Luis y me tenso de pies a la cabeza.

—Para nada. La tienda es de mi novia, que va a abrir una pastelería que va a ser todo un referente en la ciudad. Mira lo que te digo.

—¿En serio? Tu novia... —añade como si lo estuviera pensando—. ¡Quién te ha visto y quien te ve! Y el cartel del negocio será de lo mejor que se haya visto. ¿Cómo se llama la tienda?

—*Sweets and more.*

—¡Genial! ¿Me pasas su teléfono para hablar con ella?

—La tengo aquí al lado, por eso te he llamado. Espera que te pongo en altavoz.

—Hola, soy Cecilia —comento cuando ya está puesto.

—Hola, Cecilia, soy Samuel. Cuéntame que colores te gustan. Si tienes alguna preferencia por el color del nombre, del relleno, también me gustaría saber en qué calle es, por si es pequeña y oscura o grande como una avenida.

—Perfecto. Me gustaría que utilizaras colores pastel, pero que no sean los típicos. También me gustaría que tuviera relieve. Por favor el rosa, puedes descartarlo del todo. Quiero un cartel que sea moderno, llamativo, que suscite curiosidad.

—Perfecto, creo que entiendo lo que quieres decir. ¿De qué color está pintado el interior?

—Distintos colores y en varias tonalidades, Desde el naranja melocotón, hasta el lila. Supongo que lo mejor es que vengas y lo veas. Así también te haces una idea del tamaño. —explico y a continuación le digo la dirección.

Samuel, indica qué pasará antes de irse a comer, para trabajar en el rótulo por la tarde. Al cortar la llamada, Luis se acerca a mí y pregunta.

—¿Te ha molestado que diga que eres mi novia?

—No, bueno… No lo sé. Me has sorprendido —explico con recelo.

Luis me coge las manos y se pone frente a mí. Cuando consigue toda mi atención comienza a hablar.

—Me gustaría que saliéramos juntos, que nos conociéramos más a fondo. También que me conozcas. Las cosas las hemos empezado mal, pero aún estamos a tiempo de poner remedio.

—Eso me gusta… —expongo aceptando su abrazo y nos besamos sellando el trato.

Capítulo 24
El inicio.

Los días corren a una velocidad asombrosa y la inauguración de mi pequeño negocio por fin llega. He intentado tomármelo con calma, puesto que eso no me conviene en mi estado.

Para hacerme con las materias primas he tenido la ayuda de Luis, pues he contratado al mismo distribuidor de él, ya que es su amigo. El precio que me ha dejado por la harina, los huevos y el azúcar es muy asequible. De otras no lo ha sido tanto, pero, aun así, me compensa.

En la pastelería, Maca y yo nos vestimos con los uniformes. Se tratan de una camiseta y un delantal serigrafiado con el nombre del negocio. Juntas nos ponemos en marcha para que todo esté dispuesto a las diez, que es la hora en la que se inicia la inauguración.

Claudia y Clara vendrán acompañadas de Christian y Andy. Esperamos que la gente se anime y vengan a probar mis dulces. Siguiendo el consejo del trío masculino, he repartido por el barrio publicidad sobre mi tienda. Al final he decidido que voy a vender pan, aunque no será realizado por mí.

A las diez empieza la inauguración y para mi sorpresa hay público haciendo cola en la calle para entrar. La tienda no tarda en llenarse de personas que quieren adquirir mis dulces y por supuesto, hacerme pedidos.

Tanto es así, que Luis no duda en entrar dentro para ayudarme a empacar. No salgo de mi asombro al comprobar como las bandejas que preparamos el día anterior empiezan a vaciarse en cuestión de horas.

La inauguración al final es todo un éxito y eso me llena de júbilo. A las tres de la tarde cerramos la tienda, después de dispensar al último cliente su pedido. Una tarta de tres chocolates y varios muffins de diferentes sabores.

Macarena me da las gracias por haber confiado en ella y por supuesto por contratarla. Ella al final solo me va a ayudar en el negocio, mientras que otra persona que también lo está pasando mal, se ocupará de la casa.

Fuera de la tienda me espera Luis para ir al restaurante donde vamos a almorzar los seis. La comida es muy amena y nos reímos de todas las anécdotas que ha pasado por la mañana. Y al terminar, yo vuelvo a mi negocio y los chicos se van al suyo. Las chicas para variar se van de compras.

Clara tiene la cita para saber el sexo del bebé pasado mañana y aunque Clara le ha dicho a Andy que no es necesario que le acompañe. El hombre es muy cabezota, puesto que le ha informado de que él va a ir. Claudia está feliz, pues queremos que Andy termine ganándose el corazón de nuestra hermana.

En la tienda, me encuentro haciendo la masa para varios bizcochos, en el momento que me llama el abogado. Mis padres por fin han entrado en razón y han puesto a disposición del abogado los papeles que me hacen la dueña del negocio y de la casa.

Le doy orden para que venda al mejor postor la empresa y hago hincapié en que no quiero nada del dinero en caso de que quede algo al pagar las deudas. La casa no sé la verdad que voy a hacer aún, por eso le pido que me dé una semana.

Doce razones

Clara y Claudia ya me dijeron lo que pensaban de ella y creo que es lo mejor. Al final, la venderé por un precio inferior, para compensar lo que tienen que hacerla. Las horas vuelan y pasadas las ocho me marcho a casa, tras haber cerrado la tienda.

He dejado hecho varios pedidos que me han hecho esta tarde para mañana. Antes de irme hago recuento de la caja y me sorprendo, pues hemos tenido buenos beneficios para ser el primer día.

En el camino a casa, pienso que Luis estará trabajando, pero me doy cuenta de lo equivocada que estoy cuando le veo sentado cerca del portón.

Al abrir la puerta del garaje, Luis aprovecha y entra detrás del coche. Nada más apagar el motor, abre mi puerta.

—Supuse que hoy trabajabas. —Le explico después de darle un beso en los labios.

—Los chicos me han dicho que viniera a celebrar tu triunfo y yo he salido volando —reconoce tocándome la cintura.

—Eso está muy bien, pero no tengo nada para cenar... —indico acercándome más a él. —Tendremos que pedir algo.

—Ya me he ocupado de ello. En un rato llega.

—Lo tienes todo controlado... —expongo acariciando su pecho y Luis no tarda en besarme, mientras me alza entre sus brazos.

Como ha previsto Luis, la pizza llega justo cuando termino de vestirme después de darme una ducha. Durante la cena, la tensión sexual entre ambos aumenta por cada minuto y al terminar nos lanzamos el uno por el otro.

Doce razones

Nos besamos con pasión, mientras me manosea como si fuera un pulpo, la verdad es que noto sus manos por todo mi cuerpo. Le abro el pantalón y acaricio su falo una vez he bajado el calzoncillo.

—Te necesito —ruego en voz alta.

—Yo también, mi amor. Esta noche te voy a compensar. —anuncia cogiéndome a horcajadas.

Camina hacia mi habitación y una vez allí me termina de despojar de las prendas.

—Te queda muy bien, nena. Pero ahora mismo te quiero completamente desnuda para que pueda disfrutar de ti.

—¡Oh, sí! —exclamo al notar sus manos acariciando mi centro y su boca en mi pecho.

Luis me lleva al límite con solo su mano, pero es con su boca con lo que alcanzo el éxtasis. No obstante, solo deja que descanse mientras él se quita el atuendo y se queda en ropa interior.

Se sube a la cama y tras situar mis piernas a ambos lados de sus anchos hombros me penetra sin compasión. El ritmo es frenético y con cada embestida le pido más. El placer que me está embriagando es una gozada.

Luis también disfruta, pues su cara y sus penetraciones me lo dicen. Alcanzamos el clímax cuando ya no podemos más. Sin salir de mi interior, rueda por la cama, llevándome con él. Nos abrazamos y mientras yo le acaricio el pecho, él lo hace en mi espalda, al tiempo que nuestras respiraciones se normalizan.

Me duermo sin poder remediarlo y despierto a causa de la alarma a las siete y media. Ambos estamos semicubiertos por

Doce razones

la ropa de cama. Intento no despertarlo y me marcho al baño para comenzar a arreglarme.

Cinco minutos después entra Luis como Dios le trajo al mundo y se introduce en la ducha conmigo. Las manos exploran nuestros cuerpos y sin que lo evitemos ninguno de los dos sucumbimos al placer.

Llego a la pastelería a las nueve de la mañana y Maca ya se encuentra horneando varias cosas, mientras decora los Cupcakes.

—Buenos días, Maca.

—¿Qué tal, jefa? Cuando he llegado me he llevado la sorpresa de que casi todo estaba hecho.

—Ayer por la tarde me cundió bastante y dejé muchas cosas acabadas.

—Lo he visto. Espero que hoy sea como ayer —explica Maca con una sonrisa.

—Yo también. Vamos a ponernos a terminar que a las diez abrimos.

Ambas nos ponemos manos a la obra y a las diez, nada más abrir, comienzan a entrar los clientes.

Cruasán, muffins, Cupcakes, tartaletas, bizcochos, magdalenas vuelan entre nuestras manos y antes de acabar la mañana tengo que meterme dentro para hacer más. Estoy introduciendo una tanda en el horno, cuando Maca me dice que alguien pregunta por mí.

Al salir me encuentro con una mujer de unos cuarenta años y una niña de unos diez.

Doce razones

—Buenos días. Dígame, ¿en qué puedo ayudarla? —indico con una sonrisa afable.

—Buenos días. Me han recomendado que acuda a su establecimiento porque en él puedo encontrar todo lo que necesito para la fiesta de cumpleaños de mi hija.

—En efecto. Venga conmigo y hablamos de todo.

Salgo del mostrador y le llevo al rincón que tengo decorado justo para este fin. Abro el cuaderno que tengo para ello y le enseño las fotos de las tartas. Madre e hija miran las fotos con sorpresa y me hacen todo tipo de preguntas.

—El sabor puede ser el que elijas. Pero ten en cuenta de que no debe ser muy dulce para no ser empalagosa.

—Creo que te entiendo —afirma la niña.

—En la nata puedo añadir aroma de vainilla y el relleno puede ser de frutos del bosque. Quedará muy bien.

—¡Me has leído el pensamiento!

Tanto a la madre como a la hija expresan que les gusta mi idea y me piden también Cupcakes.

—Por supuesto. ¿La tarta para cuantas personas será?

—La tarta debe de ser para unas quince personas. Los Cupcakes se entregarán como obsequio a cada niño invitado que son veinte.

—Perfecto —indico anotando todo. —¿Cuántos años cumples?

—Cumplo doce años —revela la niña emocionada.

—Muchas felicidades, aunque sean adelantadas. ¿Qué día se tiene que entregar?

Doce razones

—El próximo viernes, vendremos antes de que salga del colegio, como a las doce. Nos han informado de que podremos llevarnos la decoración.

—En efecto. Miren estas imágenes y me dicen cuál le gusta más.

—Perfecto.

Diez minutos más tarde, ambas salen por la puerta muy contentas. Maca me mira sonriendo y después de dejar anotado el dinero que han dejado de anticipo le pregunto.

—¿Se puede saber qué te sucede?

—Verte en acción es una pasada. Eres un hacha. Esa mujer desconfiaba cuando ha llegado y se han marchado con una sonrisa que estoy segura de que te va a recomendar hasta al jardinero.

—Eso es verdad y muchas gracias por el cumplido, pero así soy yo.

Después de esa conversación apagamos todo para cerrar y nos vamos a almorzar. En casa tengo preparado ternera asada. Nada más terminar de comer, me tumbo un poco en el sofá y pongo la alarma para evitar quedarme dormida.

Veo las noticias y cuando veo que me estoy amodorrando mucho, decido irme ya y así adelantar.

Esa tarde entre clientes y demás recibo la noticia de que hay un comprador para la empresa. El abogado me indica que me mandará los papeles escaneados para que firme la venta y le indico que lo haré por la noche.

Cierro el negocio a las ocho y me marcho a casa sin perder tiempo. Tengo que hacer la cena, dejar la comida hecha y además hacer la lista de la compra para mañana hacerla. Me canso solo de pensarlo y eso que aún no he comenzado.

«¡Qué duro es esto! Pero y lo bien que sienta», rememoro en mi cabeza de camino a casa.

Después de superar la primera semana de la apertura, Maca y yo hacemos balance. Las ventas están muy bien y eso significa que hay beneficios. Le animo a Maca a seguir así, pues ahora está lo difícil, mantenernos.

Tenemos que ser capaces de seguir este ritmo, pues de esta forma tendremos aseguradas las ganancias. Faltan tres días para el cumpleaños de la niña que vino con su madre, cuando decido comenzar a preparar la tarta.

Lo primero que hago es el bizcocho. Y me aseguro de tener todo lo necesario para el relleno, además del aroma a vainilla que irá en la nata. Reduzco el azúcar todo lo que puedo, pues la finalidad es que no sea empalagosa.

Maca me pide ver como lo hago, pues quiere aprender y mientras no hay nadie en la tienda, observa y anota todo. Contesto a sus preguntas y resuelvo sus dudas con una sonrisa y contenta por su interés.

El viernes a las diez de la mañana tenemos finalizado la tarta, además de los Cupcakes que recibirán los niños. Unos minutos antes de las doce, aparece en la tienda la madre y el padre de la niña y cuando le veo sonrío contenta.

—¿Así que fuiste tú quien me recomendó?

—¡Por supuesto! —responde acercándose Juanjo, el hermano de Christian.

—Muchas gracias… —confieso abrumada—. Espero que todo esté de vuestro gusto y sobre todo de Ariadna.

Doce razones

—Estamos seguro de que así será. Además, mi hija y mi mujer te han recomendado a todos nuestros conocidos.

—¿De verdad? —manifiesto asombrada.

—Por supuesto, Cecilia —comunica la mujer—. Eres una mujer encantadora y estoy segura de que todos tus dulces y pasteles serán conocidos por ser los más ricos.

—Me alegro mucho. Disfrutar y ya me contaréis que tal estaba.

Doce razones

Doce razones

Capítulo 25

Felicidad en estado puro.

Ni todos los inicios son fáciles, ni todas las cosas buenas son fruto de la suerte. Después de realizar esa tarta para Ariadna, la sobrina de Christian, muchos de los invitados a aquella fiesta han venido a mi tienda para probar mis dulces.

Muchos de ellos han dicho que les pareció una tarta espectacular, otros me dieron las gracias porque la disfrutaron más que sus hijos. Gracias al boca-boca muchos ya nos conocen y eso ha supuesto aumentar las ventas.

—Cecilia, te buscan —comenta Maca desde la puerta.

—Ya voy, un minuto —explico sacando una bandeja de cruasán.

Al dejarla en la repisa para que se enfríen, me quito las manoplas y voy a la tienda. Una señora muy bien vestida se encuentra mirando las fotos de las tartas en el póster que he colgado. Por la espalda me doy cuenta de que es una mujer madura.

—Buenos días. Soy Cecilia, en que puedo ayudarla.

—Hola querida, mi nombre es Isabel y quiero contratar tus servicios para una fiesta que voy a hacer —declara dándome la mano que le tiendo.

—Claro que sí, ¿de qué se trata? —manifiesto indicándola el taburete para que se siente.

—Pues verás. Me he divorciado y quiero celebrar que por fin soy libre de nuevo —expone de manera teatral.

Doce razones

Me quedo un poco parada, porque joder, yo me he divorciado y no me puse así… ¿O sí?

«Tengo que preguntar a mis hermanas», anoto en mi cabeza.

—Verás, he estado casada casi cincuenta años, y por fin, he conseguido que me dé lo que me merezco por haber aguantado ser la cornuda de mi urbanización.

—Lo lamento… Yo también sé lo que es que la engañen. Soy una mujer divorciada —informo.

—Lo sé, y eso te hace ser la persona idónea para que realices la tarta que deseo.

Cojo el cuaderno donde tengo más fotos, no obstante, la mujer agarra mi mano e impide que lo abra.

—La tarta que sueño, aún no la tienes ahí, pero la tendrás… Verás, quiero que la tarta tenga una forma específica. Ante todo, quiero que sepas que no habrá menores en mi fiesta, así que no te escandalices.

—Creo que la entiendo —expongo, haciéndome una idea.

—Quiero una tarta ovalada que tenga encima la forma de un pene.

—Perfecto —comento imaginándolo en mi mente.

—Me gustaría que resaltara, que el pene fuera de color negro y la cobertura de la tarta fuera de nata.

—Me lo estaba imaginando así, para que resalte. Quieres que vaya recubierto de fondant o que sea el bizcocho con cacao para que parezca negro.

—Bizcocho mejor. El otro considero que es más dulce.

Doce razones

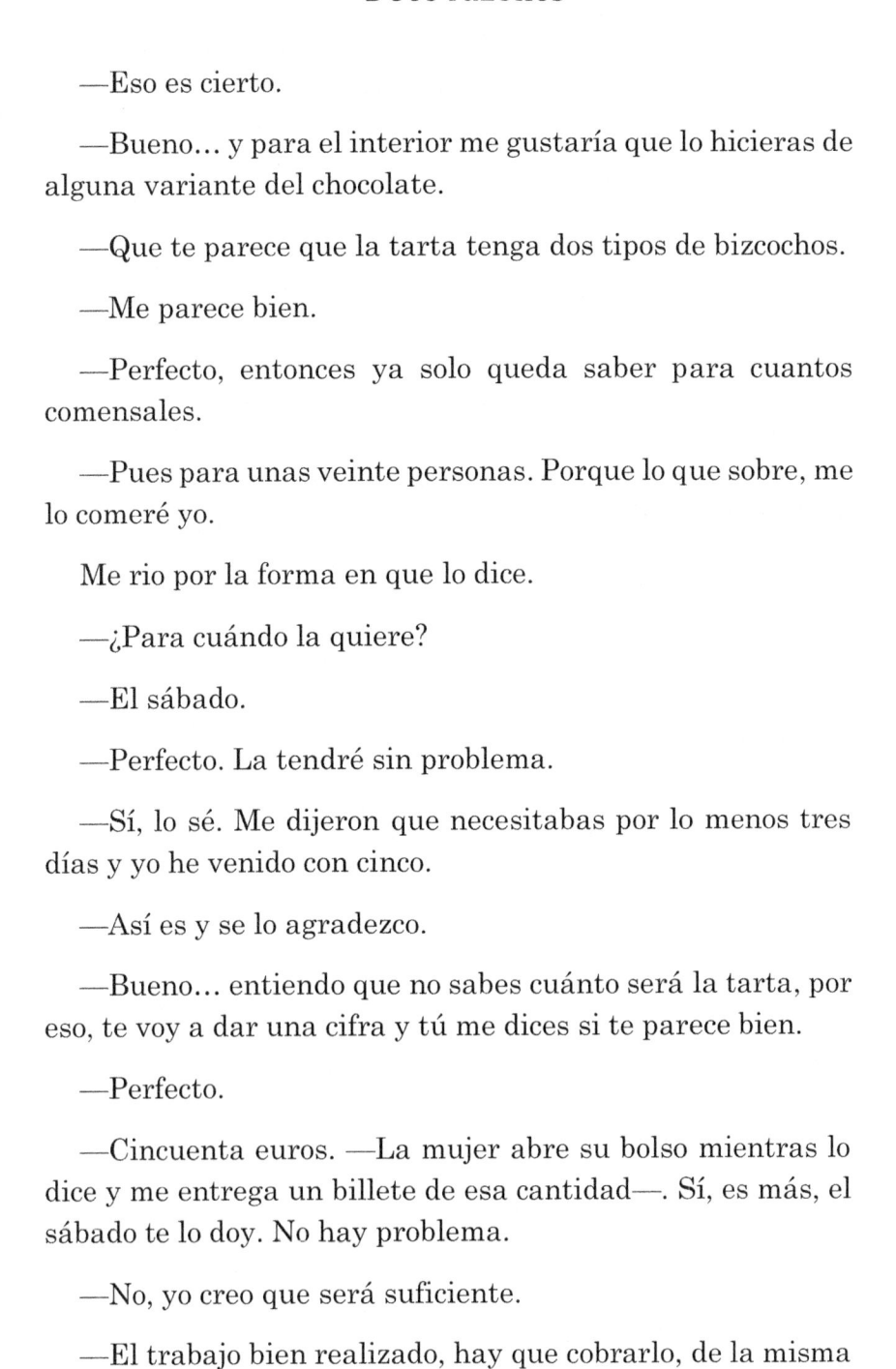

—Eso es cierto.

—Bueno... y para el interior me gustaría que lo hicieras de alguna variante del chocolate.

—Que te parece que la tarta tenga dos tipos de bizcochos.

—Me parece bien.

—Perfecto, entonces ya solo queda saber para cuantos comensales.

—Pues para unas veinte personas. Porque lo que sobre, me lo comeré yo.

Me rio por la forma en que lo dice.

—¿Para cuándo la quiere?

—El sábado.

—Perfecto. La tendré sin problema.

—Sí, lo sé. Me dijeron que necesitabas por lo menos tres días y yo he venido con cinco.

—Así es y se lo agradezco.

—Bueno... entiendo que no sabes cuánto será la tarta, por eso, te voy a dar una cifra y tú me dices si te parece bien.

—Perfecto.

—Cincuenta euros. —La mujer abre su bolso mientras lo dice y me entrega un billete de esa cantidad—. Sí, es más, el sábado te lo doy. No hay problema.

—No, yo creo que será suficiente.

—El trabajo bien realizado, hay que cobrarlo, de la misma forma. Acuérdate de estas palabras.

Doce razones

La señora me deja perpleja, veo como se levanta y me despido de ella antes de que abandone la tienda.

Me giro hacia Maca y ella me sonríe.

—Ves, te ha dicho lo mismo que yo. Tienes que valorar lo que haces… Nadie hace las cosas como tú y eso tienes que cobrarlo.

Hago una mueca y me voy hacia la trastienda. Tengo que revisar que tenga todo, porque preveo que esta tarta será un nuevo reto para mí. Esa noche, al llegar a casa, les pido a mis amigas que vengan a cenar.

Quiero contarlas el encargo que me ha pedido la señora.

—Sabéis chicas. Hoy ha venido una señora para hacerme un pedido. Y no sabéis de qué forma me la ha pedido…

—¿Forma? No sé… ¿Cuadrada? —indica Clara.

Claudia me mira como si supiera de qué hay algo raro…

—¡De un pene! —exclamo y nos reímos las tres.

—¿En serio? ¿Pues cuantos años tiene esa mujer?

—Unos sesenta y pico… —revelo y ambas abren los ojos—. Veréis, la mujer se ha divorciado y me ha dicho que soy la mujer más indicada, porque ella también ha sido una cornuda.

—Válgame. ¿Pero cómo sabe ella eso?

—Ni idea… pero lo mejor ha sido lo que va a pagarme. Como nunca he hecho algo parecido, me ha dado cincuenta euros y si me tiene que dar más el sábado se lo digo.

—¡Ole tú! Esa mujer no la conozco, pero ya me cae muy bien.

Doce razones

—A mí también, me ha recordado a mi abuela —confieso mirándolas emocionada.

Las dos se acercan a mí y me abrazan. Bueno, Clara lo hace como puede, pues la barriguita ya asoma bastante.

Estamos a primeros de octubre y ya le queda solo tres meses o quizá menos... Claudia me ayuda a recoger las cosas y mientras introduce los platos en el lavavajillas me explica que en noviembre tiene que salir de viaje a una conferencia. Y yo le digo que no se preocupe, porque entre Andy y yo ayudamos a Clara en lo que necesite.

El martes nada más llegar, miro si tengo ingredientes suficientes para toda la semana, hago un cálculo y al final opto por pedir. Tras hacer el pedido, pienso como voy a hacer el pene, porque es lo único que aún no he hecho.

Maca me da sugerencias, pero al final opto por hacer dos bizcochos de un tamaño medio y recortarlos de forma artesanal. No sé lo que haremos una vez esté acabado y Maca sugiere darle a probar a los clientes.

—Es una buena idea, porque voy a probar un relleno diferente.

—¿Y como le vas a dar a los clientes para probar?

—Primero probaremos nosotras, después lo cortamos en cuadraditos y ponemos unos palitos en cada uno.

—Eso me gusta, yo me pido la parte del capullo.

La miro alucinando y ella se ríe.

—¿Qué te pasa? ¡Oye!, te imaginas que le digamos a una señora se está comiendo los testículos de un pene.

Doce razones

—No podemos hacer eso, porque lo mismo piensa que somos unas pervertidas.

—Eso es verdad… Mejor no decimos nada.

Sin embargo, aunque ella ha sabido cambiar muy bien de tema, me hace suponer que hace mucho que no disfruta del sexo. Eso me lleva a pensar en Luis, en lo bien que estamos juntos.

Me llevo la mano a mi vientre y pienso en mi bebé. Reconozco que al principio he tenido dudas al respecto, pero cada vez estoy más segura de que tener este hijo con él es lo mejor que me ha podido ocurrir.

Vuelvo de mis pensamientos, pues me llaman a mi móvil. En la pantalla se refleja el nombre de Luis.

—¿Sabes qué estaba pensando en ti?

—¿Sí? ¿Y bien o mal?

—No sé, aún no había llegado muy lejos.

—Qué bromista estás… Te llamo porque quiero invitarte a cenar el sábado.

—Me parece bien… Así podré ponerme un vestido que últimamente se lucen en el armario.

—Eso es verdad…

Tras esa llamada, me pongo manos a la obra para hacer el bizcocho. Y cuando está en el horno, me pongo a preparar el relleno. Quiero crear uno nuevo, el cual, pueda ponerlo en los Cupcakes y si queda bien en la tarta, en ellos quedará de lujo.

Horas después, ya por la tarde, Maca y yo disfrutamos del tronco del pene, el cual está de rechupete.

Doce razones

—Cecilia, eres un as. Este relleno está de muerte.

—Pues sí. Aunque el pene no tenía del todo la forma que quiero.

—Venga, te voy a dar la razón.

—Mañana me voy a ir a un sitio que creo que puedo encontrar algo que me ayude... No llames a nadie si vengo un poco más tarde.

—Vale. Entonces, si vienes después de las diez, abro y me ocupo yo.

—Exacto. Yo intentaré venir lo antes posible.

Maca asiente y un par de horas después cerramos el negocio. En el coche, hablo con mi tía. Ya he decidido que voy a vender la casa y se lo hago saber.

Ella me dice que es lo mejor, pues esa casa hace tiempo que deje de considerarla mi casa o un hogar. Nada más colgar la llamada, marco a Arancha y le explico lo que pasa.

—En tu lugar, buscaría una inmobiliaria que lleve todo. Incluso esas casas, tienen agentes que se dedican solo a eso. Déjame que lo investigo y te digo con quien hablar.

—Muchas gracias, Arancha. Por favor, en este tema te pido discreción.

—Lo entiendo. No te preocupes. Mañana te digo lo que haya averiguado.

Al llegar a casa, no pierdo el tiempo y me voy a duchar, para después cenar. Me encuentro friendo unos filetes de pollo cuando suena el timbre y al abrir la puerta me sorprendo al ver a Luis.

—¿Y esta sorpresa? —Le pregunto caminando a la cocina.

Doce razones

—No hay mucho trabajo y Christian me ha dicho que se ocupa él. Y he querido darte una sorpresa.

—Me alegro mucho. Entonces cenas conmigo.

—No tú cenas esto, y luego yo te ceno a ti —declara besando mi cuello.

Sus manos se ponen en mi vientre y las deja ahí, aunque mis hormonas ya se encuentran revolucionadas. Me gustaría dejar esto e irme con él a la habitación, pero sé que él no lo va a permitir.

Una hora después estoy disfrutando como una enana viendo como Luis recorre mi cuerpo con su lengua y poco después comienza a regalarme un orgasmo detrás de otro. Muchas veces me gustaría darle más de lo que le doy, sin embargo, aún tengo muchas reticencias. Él ya es un hombre libre, divorciado como yo. Va a ser el padre de nuestro bebé, pero cuando me planteo dar un paso más con él, siempre me quedo a las puertas.

Sé que él se da cuenta muchas veces, no obstante, no me reprocha nada. Al contrario, continúa apoyándome como él sabe. Después de pasar una noche increíble, nos despedimos al salir de casa.

Tengo que ir a unos almacenes que espero encontrar algo que me ayude a hacer bien el pene. La suerte me sonríe al llegar, puesto que encuentro un molde de esa misma forma. De camino a la tienda, llamo a Luis y le digo que lo he encontrado.

—Me alegro, nena. Pero podrías haberlo hecho ayer con el modelo de la mía.

—No creo. Mira que la tuya debería hacer una tarta más grande de la que me ha pedido la clienta.

Doce razones

—Eso es verdad... Y es posible que se pueda escandalizar al ver una de ese tamaño. Menos mal que tienes más cabeza que yo.

Con esa broma nos reímos los dos y después cuelgo. Al llegar saludo a Maca, la cual, está terminando de espolvorear el azúcar glasé en los cruasanes.

—Mira que he conseguido... —exclamo agitándolo...

—¡Qué bien! Así te va a salir genial.

—Exacto.

Paso la mañana haciendo la masa de diferentes dulces, mientras el bizcocho se enfría. Sí hoy me sale, al día siguiente haré los bizcochos y el sábado la montaré. Espero que todo salga como tengo planeado.

Unas horas después me río junto a Claudia, Clara, Luis, Christian, Andy y Maca mientras disfrutamos de una tarta con forma de pene. Y con satisfacción el sábado le entrego la tarta con esa peculiar forma a la clienta.

—Eres una artista. Te voy a recomendar a todas mis conocidas —asegura antes de pagarme veinte euros más con una espléndida sonrisa.

Doce razones

Doce razones

Capítulo 26

Todo marcha bien, pero...

Todo marcha bien, pero en mi interior algo me dice que debería dar un paso más con Luis, sin embargo, no termino de darlo. Siempre algo hace que no lo dé. Claudia me dice que es miedo, pero que esta vez no he de tenerlo.

Clara me dice que son las hormonas y que debo ser valiente igual que lo hice con el negocio, no obstante, no termino de hacerlo. Las navidades están a la vuelta de la esquina.

Durante días he pensado en pedirle a Luis que cene con nosotras. Su negocio no abre el día de nochebuena. Al contrario de nochevieja, que tienen una fiesta monumental y a la cual estamos las tres invitadas.

El día veinte, después de una mañana de locos, llamo a Luis.

—Hola cariño. ¿Qué tal?

—Bien… Mira, te llamo porque me gustaría que vengas a comer a casa. ¿Puedes?

—Sí. Sin problema. ¿Pasa algo?

—No, solo que quiero proponerte algo. He tenido una mañana de locos y ahora he conseguido sentarme.

—Vale. Entonces te dejo descansar. En un rato nos vemos.
—Le mando un beso y cuelgo la llamada.

Doce razones

Maca me anima a dar el paso que parece obvio que lo dé, pero que a mí me da un pavor enorme.

—¿Tú no piensas que las cosas puedan cambiar?

—Cecilia, yo a ti te veo como una mujer valiente, que siempre lucha por lo que quiere. Durante estos meses no te he visto rendirte nunca, siempre lo has intentado.

—Ya lo sé, ¿tú nunca tienes miedo?

—Pues claro que sí. Muchas veces, pero tú crees que hoy estaría aquí, si no lo hubiera intentado.

—Imagino que no.

—Y me apuesto que tú tampoco estarías aquí. Por eso te digo que este mediodía agarres a Luis por el rabo y no le sueltes, porque ese hombre te quiere. Te lo digo yo.

Me río por como lo ha dicho y decido que es hora de dar ese paso. Antes de cerrar le explico a Maca que si tardo vengo tarde, abra ella.

—¿Por qué no te tomas la tarde libre?

—¿Vas a poder hacer todo?

—Por supuesto. Todo está controlado.

—Bueno, en ese caso, puede que te haga caso —anuncio antes de guiñarle un ojo.

Ambas cerramos la tienda y caminamos unos pasos hasta mi coche. En casa, caliento la lasaña en el horno mientras llega Luis.

—Hola nena. Que bien hueles.

—¿Sí? Puede ser la lasaña...

Doce razones

—No eres tú. ¿Vainilla?

—Puede ser. Vamos a comer y después te quiero hacer una propuesta.

—Eso suena muy bien, ¿es indecente?

—Puede... —resuelvo moviendo mi trasero, al tiempo que camino hacia la cocina.

Luis me ayuda a poner la mesa mientras saco la lasaña del horno, y la sirvo en los dos platos. Comemos entre caricias, sonrisas y algún toqueteo por parte de ambos.

—Hace mucho que no estábamos así... —manifiesta Luis abrazándome, mientras vamos al sofá.

—Es verdad... Ven, siéntate que quiero decirte algo.

Luis hace lo que le pido y para mi sorpresa no me encuentro nerviosa.

—Hace meses que sabemos que vamos a ser padres, tú ya eres un hombre libre desde hace tiempo y aunque sé que muchas veces he levantado un muro entre los dos, pero no era por ti, sino porque tenía miedo.

—Lo sé, nena. Por eso no te he dicho nada. Hace unos meses te dije que yo estaría en tu vida de la forma que tú me dejaras.

—Sí, lo recuerdo. Pero dentro de unos meses vamos a ser padres y me siento segura en querer dar este paso.

—¿Y cuál es preciosa?

—Quiero que vivamos juntos. Que hagamos de esta casa un hogar.

Doce razones

—Nada me haría más feliz, cariño. Por supuesto que quiero.

Me acerco a él y le beso. Poco después me encuentro en la cama sellando nuestro amor. Cerca de las cuatro, Luis me pregunta.

—¿No vas a ir a la tienda?

—Creo que hoy le voy a obedecer a Maca y voy a delegar en ella.

—Entonces si no vas a ir, te voy a llevar a un sitio que hace tiempo que quieres ir y que aún no has ido.

Lo miro sin comprender y me dice.

—Nerja.

Antes de salir de casa, llamamos para informar de nuestros planes. Y escucho a Luis reservar mesa para cenar en un restaurante.

—¿Has hecho reserva?

—Sí, es un restaurante muy bonito que cuando lo veas te darás cuenta.

—Vale.

Me visto con un pantalón premamá parecido a los jeans, los cuales he comprado hace unos días y un jersey de lana azul. Me calzo unas botas con un poco de tacón y me abrigo con una chaqueta beis.

—Estás preciosa —expresa Luis, agarrándome de la cintura.

Cogemos su coche y vamos dirección a esa localidad. En el camino hablamos de como va a organizar la mudanza.

Doce razones

—Me gustaría que el día de nochebuena ya estés en casa instalado.

—Yo creo que no hay problema. Mañana puedo traer unas maletas y el piso dejarlo vacío en dos días.

—Qué suerte la tuya. Aunque pensándolo bien, yo me fui de casa de mi exmarido con dos maletas.

—¿De verdad?

—Sí.

No alargo el tema, pues para los dos no es un tema agradable. El paisaje es muy bonito, pese a estar en diciembre. ¡Qué lejos ha quedado el verano y el calor!

Aparcamos el coche en un parquin y caminamos por la zona. Es un sitio muy bonito y aunque por el paseo atlántico corre el viento producto del mar, la temperatura no es del todo desagradable.

Llegamos a un mirador y me sorprendo al ver que debajo hay un restaurante.

—Este es el sitio donde he hecho la reserva, por eso te he dicho que es muy bonito —revela Luis abrazándome por la espalda.

—¡Me encanta! Tenemos que venir un día con las chicas y tus amigos —manifiesto contenta.

—Claro, lo hablo con los chicos —me confirma.

—Perfecto.

Luis y yo nos hacemos varios selfis y unos chicos se ofrecen a hacernos una foto. Le doy mi móvil y Luis se posiciona en mi espalda. Ambos nos miramos y sin pretenderlo, nos perdemos en nuestros ojos.

Doce razones

—Toma. He hecho varias —explica la chica, con una sonrisa.

«Te ha calado», manifiesta mi diabla.

Miro las fotos y me doy cuenta de que están muy bien. Le doy las gracias y se marchan con risas cómplices. Me giro para Luis y él me obsequia con un beso de película.

—¿Y eso? —indago y en ese momento aparece un hombre y le da el móvil.

—Han quedado muy bien. Le he hecho dos.

Luis le da las gracias, mientras yo se lo quito para verlas.

«¡Madre mía! Pedazo de fotos que hace este móvil, o a lo mejor es que el hombre sabe cómo hacerlas…», rememoro en mi cabeza.

—Así tenemos dos —me informa con una sonrisa maliciosa.

Paseamos un rato más y cuando el aire aprieta, nos vamos al restaurante, aunque es un poco pronto… No obstante, no nos ponen objeción porque no hemos sido los únicos en hacerlo.

La cena es todo un espectáculo y coincidimos en lo bien que se come. Ya es de noche cuando cogemos el coche para volver al hogar.

Las risas son la tónica en el camino a casa y al llegar dejamos que la pasión nos envuelva a los dos. Esa noche me duermo con una sonrisa en la cara, pues tengo la seguridad de que estoy haciendo lo correcto, pese a que meses atrás me prometí que no volvería a dejar entrar a ningún hombre en mi vida.

Doce razones

Al día siguiente, mientras disfrutamos del desayuno, decimos que vamos a preparar el día de Nochebuena. Para mí va a ser las primeras navidades sin mi familia y sin la de mi exmarido.

Con ellos en esas cenas siempre reina el lujo y la ostentación. No espero echarlo de menos, no obstante, estoy segura de que será un poco extraño para mí. De camino a Málaga llamo a las chicas y les informo de todo.

Ellas por supuesto que me felicitan y me aseguran de que he hecho lo correcto. Ese día, al llegar a la tienda, me encuentro a Arancha hablando con su hermana. La pobre lo está pasando mal y sin reflexionar le digo que conmigo siempre tendrá una oferta de trabajo.

—Te lo agradezco mucho, Ceci. Pero voy a rechazar la oferta. Suficiente has hecho con contratar a mi hermana —alega cohibida.

—Para mí no ha sido ningún regalo. Ella se ha ganado el puesto que tiene, por eso te digo.

Arancha se marcha y le digo a Maca que tenemos que convencerla de que acepte el trabajo. Dentro de unos meses necesitaré contratar a alguien más para que ayude en la tienda y por supuesto cuando nazca el bebé.

Los días pasan con rapidez, y cuando me doy cuenta estamos celebrando la Navidad. Claudia y Clara llegan acompañadas de Christian y Andy. Los seis disfrutamos de una cena sencilla, pero deliciosa. Las risas y las anécdotas son parte importante de esa noche y cuando la mesa se encuentra recogida, ponemos música y bailamos a veces juntas, y otras veces con nuestras parejas.

Doce razones

Clara por fin le ha dado la oportunidad que llevaba semanas pidiendo Andy para nuestra alegría. Luis esa noche cuando nuestros amigos se marchan me demuestra lo mucho que me quiere.

Y el día de reyes, descubro una sospechosa caja bajo el árbol. La verdad es que pensé mal, pero mientras abro el envoltorio, Luis comienza a recitar un discurso.

—Querida Cecilia. Mi intención al regalarte este anillo no es pedirte más de lo que ya tengo. Esa alianza es para mí el símbolo de que te quiero. Es una declaración de amor mía, pero no para que lo sepa el resto del mundo, sino que lo tengas presente en cada segundo de tu vida.

Me emociono y cuando consigo abrirlo se trata de un anillo sencillo, con una piedra en forma de corazón, no obstante, no es algo ostentoso, sino que es muy bonito.

—Se trata de una piedra llamada aguamarina —informa poniéndomelo.

—Es muy bonito. Muchas gracias —expreso aún emocionada.

—Quiero que tengas claro que lo que tenemos es suficiente para mí. Muchas veces sé que las dudas te asaltan y no quiero que las tengas.

Al terminar, Luis me besa con cariño y poco después estamos en el sofá sucumbiendo a la pasión.

Doce razones

Epílogo

Ser mamá es una experiencia preciosa, no tanto el dar a luz, pero bueno, no voy a quejarme. Desde pequeña he soñado ser madre y por fin ese sueño lo he cumplido. Luis observa a Sofía, la cual está en su cuna.

La puerta se abre y entran Arancha y Maca con unos globos rosas y una cesta gigante.

—Buenas noches, jefa —anuncian al unísono las dos.

Las chicas me dan dos besos antes de dirigirse hacia la pequeña.

—¿Qué tal en la tienda? —pregunto antes de que me ignoren.

Las dos me informan de lo ocurrido ayer y yo estoy feliz al comprobar que pueden llevarla sin problema. La negación de Arancha a trabajar en mi negocio le duró solo dos semanas.

Un día apareció en la tienda y anunció que para que le dejáramos en paz, aceptaba el trabajo. No es por ser presumida, pero sabía que tarde o temprano iba a aceptar. Tras contarme el día y las ventas, se marchan a su casa.

A la mañana siguiente nos dan el alta y le pido a Luis ir la tienda. Al llegar, mis chicas están ocupadas atendiendo a los clientes y algunos de ellos se acercan a conocer a la nueva generación.

Cuando se vacía la tienda, les pido a las chicas algunos dulces para llevármelos a casa. Y unos minutos después nos marchamos con rumbo a nuestro hogar.

Doce razones

En estos meses, Luis y yo nos hemos asentado como pareja y hemos hablado de lo que queremos el uno del otro. Los dos ya hemos estado casados, y por el momento estamos felices con nuestro estatus. A veces no es necesario firmar un papel donde diga que somos marido y mujer. En algunas ocasiones, solo es suficiente ser sinceros con la otra persona. Por el momento somos felices así, pero quien sabe, en un futuro, a lo mejor, decidimos que nos casamos, o a lo mejor, continuamos así, hasta hacernos viejos...

FIN

Doce razones

Nota de la autora

Si te ha gustado esta historia, te ánimo a dejar tu opinión en las redes sociales como Amazon, Goodreads, Instagram, Facebook, entre otras.

Instagram: @myrareda.autora
Facebook: Myra Reda Autora
Tiktok: @MyraReda

Por supuesto, también a descubrir todas mis novelas, las cuales te atraparán.

Con cariño, Myra

Doce razones